JN100272

初恋アップデート

間之あまの

新書館ディアプラス文庫

初恋アップデート

contents

illustration：八千代ハル

初恋アップデート
hatsukoi update

1

夢をみているんだな、とわかった。

あの夏の放課後だ。

開け放した窓から入ってくるのは、夕方になっても強い日差しと蟬の声。風はほとんどない。エアコンで快適にすごせる図書室や自習室ならまだしも、こんな蒸し暑い教室にいつまでも残っている物好きな生徒などいない。クラスでは吉野純人——自分ひとりだけだ。

「……遅いな」

受験対策用の問題集を解いていた手を止めて、純人は壁の時計を確認する。

クラスが違う友人は、美術部の活動がない日はいつも純人を迎えにくる。そして、今日の部活はないと昼休みに言っていた。

ホームルームが長引いているにしろ、かれこれ三十分は待っている。さすがに遅すぎる。

何かあったのだろうか、と眉根を寄せた矢先、勢いよく教室のドアが開いた。

「ごめん吉野、待たせた！」

「ああ……うん。遅かったな」

「ほんと悪い。連絡入れたかったんだけど、手が離せなくって」

長い脚であっという間に距離を詰めてくるのは、同じ制服なのにやけにお洒落に見えるスタイル抜群の長身の美男。

「ここに来る途中で顧問の先生に捕まっちゃって、美術準備室まで新しいラオコーンの石膏像運ぶの手伝わされてたんだよね。ラオコーン知ってる？　めっちゃでかくて重くてごつい名作なんだけど」

純人とまったくテンションが違うほがらかな彼は、支倉千陽、待ち人だ。
一、二年で同じクラスだった彼とは不思議に馬が合って、一緒にいるようになった。三年になったらクラスが分かれてしまったけれど、支倉がしょっちゅう純人の教室にやってくるから疎遠になった感じはしない。
愛想のない堅物で周りから距離を置かれがちな純人にとって、支倉は初めてできた「親友」といってもいい存在だ。

そうなれたのは、彼の人柄によるところが大きい。

誰とでも仲よくなれるお洒落なイケメン支倉は、一見すると純人が苦手としている軟派なモテ男だけれど――実際モテるが――、中身は大型わんこのように穏やかでおおらか、人当たりがよくて察しがいい。

純人が無自覚にそっけない言動をしても怒らないし、些細なシグナルを見逃さずに真意を汲み取ってくれる。言葉足らずな純人に代わってクラスメイトに「通訳」してくれたり、「もう少し言い方を工夫したらちゃんと伝わるよ」とコミュニケーションのアドバイスをしてくれることもある。

文倉のおかげで、人付き合いが苦手な純人もだいぶ周りと打ち解けられるようになった。

（まあ、ひとりでいるのが嫌なわけじゃないが）

男として、孤独に耐えられないのは格好悪いと純人は思っている。

純人の価値観は生まれ育った家――歴史ある剣道場――の大黒柱である父親から学んだ「現代の武士道」が基調になっている。同年代から見たらカビが生えてチーズの化石同然になっているくらい古くさいらしいが、古くて何が悪いのか。

たしかにいくらか時代錯誤な部分もあるかもしれないが、身を慎んで誇り高くあること、信義、尚武、廉恥、剛健、名誉を重んじることは、どの時代においてもよいものだ。むしろそれらが失われつつある現代が嘆かわしい。――残念ながら剛健に関しては、努力次第で満点をとれるというわけでもないけれど。

うむ、と口を引き結ぶ純人は、心の中は質実剛健な父親に倣っているが、外見は母親によく似ている。具体的には、父親似の兄と弟のようなマッチョではなく、品よく端正な美形なのだ。

さらりとつややかな黒髪に映える白い肌、目尻が上がり気味でまつげが長い瞳、細い鼻に薄めの唇の整った顔立ちに加え、筋肉がつきにくいせいで兄弟の中でひとりだけ線が細く、身長も平均的。それがひそかなコンプレックスで、純人は誰よりも――道場の後継ぎである兄よりも、剣道バカの弟よりも、練習と体力作りに励んだ。

剣道は竹刀を使う剣技だからこそ、体格だけがすべてじゃない。スピードや技が勝っていれば子どもが大人に勝つことだって可能だ。

だからこそ懸命に励んだのに、それが仇になった。

成長期に無理をしすぎて、高校一年の冬、左足首の三本の腱のうち二本を駄目にしてしまったのだ。ドクターストップがかかった純人は、趣味程度でしか剣道ができなくなった。

いかつい姿じゃなくても速くて強い剣士というのが誇りだったのに、それさえ失ってしまった。この世の終わりというくらいに落ち込んだけれど、さりげなくそばにいて、自然体で励ましてくれた支倉のおかげで徐々に立ち直ることができた。

「強さって、相手を負かす力だけじゃないでしょ」と言われたときは、目から鱗が落ちた気がしたものだ。いや、できれば敵には勝ちたいが、心で負けないのはなによりも大事だ。

それが支倉が本当に言いたかったことかはともかく、純人は逆境に負けないように自分を鼓舞して「剣道ができない自分」を受け入れた。

が、歴史ある剣道場の息子でありながら修練の道を極められないのが引け目になって、いっそう「男らしさ」にこだわるようになったのはやむをえない。

「吉野、怒ってんの？」

「怒っているように見えるか」

「うん。口がへの字になっててちょっとアヒル口っぽい。撮（と）っていい？」

「やめろ」

いそいそスマホを出す文倉は、美術部のせいかしょっちゅう写真を撮りたがる。アヒル口がどんなものかは知らないが、なんとなく間の抜けたネーミングからして男らしいものではないに違いないと判断して純人は顔をしかめた。

「あ～、貴重なアヒル口が……」

「馬鹿言ってないで帰るぞ」

机の上を片付け始めたら、「その前に」と文倉が手に持っていた袋を開けた。中身を取り出し、ふたつに分けて片方を差し出す。

「ほい、吉野も」

「……これは？」

「パピコ」

「見ればわかる。出所（でどころ）だ」

校内にはアイスクリームを買える場所などない。食べたいなら一度校外に出て、ダッシュで三分のところにあるコンビニまで往復するルート一択である。

が、目の前のパピコはまだよく固まっているから暑い中を買ってきたとは思えない。

「顧問の先生からもらった。石膏像運びの手伝いのお礼だって」

「じゃあ文倉への報酬じゃないか。俺がもらうのは筋が違う」

「お、吉野らしい答え」

文倉が楽しそうに笑う。

当たり前のことを言っただけなのにおもしろがられている理由がわからなくて眉根を寄せると、「悪い意味じゃないからね」と先手を打たれた。パピコの片割れを押しつけられる。

「暑い中待たせちゃったから、これは俺から吉野へのお詫び。とけちゃうから早く食べよ」

「わざとじゃなかったんだから詫びなどいらないが……」

「まあまあ、俺の気持ちの問題だから。ていうかパピコ、固まっているうちに開けないと手こずるの知らないの？　この暑さじゃとける前にひとりで食べきるのとか無理だし、吉野に助けてもらわないと」

「……なんかいろいろずれてきていないか？」

「こいつが吉野に食べてほしがってるって点では変わってないよ。てことで、はい、かんぱーい」

「乾杯って……アイスでしないだろう。そもそもアイスに感情などないし」

困惑しながらも、ノリのよさにつられて同じ仕草を返す。直後に照れくさくなって、気分をごまかすためにもパピコを開けて口にした。

ひんやり、冷たくて甘いチョコレートコーヒーの味。

体の内側から暑さがやわらぎ、気づかないうちに渇いていた喉にも染み入る。ため息が出た。

「……甘いものは普段食わないが、うまいな」

「ね」

にこりと笑った支倉もアイスを吸う。その唇に視線が引き寄せられて、やわらかそうだな、と思った自分にぎょっとした。

慌てて目をそらして自分のパピコに専念する。心頭滅却、精神統一。女性が相手でも色に惑うのは恥ずべきことなのに、支倉は男だ。おかしなことを考えるな。

真剣にパピコを吸っていたら、ふと視線を感じた。

「……なんだ?」

「ん?　いやー……、吉野っていつも涼しそうだなあって思ってさ。暑くないの?」

「暑いに決まってる」

「でもそう見えないんだよね。体温低いほう?」

「普通だと思うが」

「さわってみていい?」

「かまわないが……」

少し戸惑いながらも片手を出すと、握った彼がくすりと笑った。

「冷たいね」

「アイスのせいだろ」

身長差があるとはいえすっぽり包みこむ大きな手、自分とは違う体温に動揺しつつもそっけなく返す。

「じゃあ、ほかの場所で確認してみていい？」

「好きにすればいい」

「おっ、吉野ってば男前〜」

とっさに出てきた返事だったけれど、褒められて悪い気はしない。

やはり男ならばどんとかまえて、大きな心で受け止めるのが格好いいよなと、これから何をされても堂々としていることを心に決めた。

「どこでもいいぞ」

さあこい、とパピコを食べ終えた純人が仁王立ちになったら、「男前がすぎるって」と笑った支倉が目の前に立った。

「では失礼して」

「おう」

半袖で剝き出しになっている腕を撫でられ、感触に心臓を跳ねさせながらも堂々とした態度を意識して純人は仁王立ちを続ける。

「んー、やっぱりちょっと低い気がするなあ」

「たしかに、支倉は体温が高いな」

「あっ、悪い。暑い？」

「いや、大丈夫だ。これもアイスの礼、好きにしていい」

「一宿一飯の恩義みたいなこと言うねえ。……じゃあ、好きにさせてもらっちゃお」

悪戯っぽく切れ長の瞳をきらめかせた支倉が、さわり方を大胆に変えた。肩から腕へと撫で下ろし、今度は腰へ。

「ほっそいねえ」

「普通だ」

普段は他人に腰回りをさわられることなんてない。びくっとしそうなのを我慢して言い返すと、手のひらは脇腹へと撫で上げてきた。

「……っおい、支倉、もういいだろ」

「くすぐったい？」

「そういうわけじゃないが……っ」

口では否定しながらも、本当はくすぐったい。というかぞわぞわする。

しかし男子たるもの、このくらいで——やけに楽しそうな文倉の体温確認の手ごときに音を上げるなどありえない。

あちこち撫でられる感触の慣れなさに懸命に耐えるものの、どうしてもときどき体が小さく跳ねてしまう。息を詰めているせいか顔が熱くなってきた。

「……吉野のそういう顔、すごい新鮮」

「は……？　なにを……ゃんっ」

自分の口から出たとは思えないおかしな声、びくんと大きく震えた体は衝撃だった。真っ赤になった純人は口を押さえてその場にしゃがみこむ。

（ななな、なんだいまの……っ？　俺の口から？　俺があんな変な声を出したのか……⁉）

ありえない。信じたくない。なのに、さっき文倉が制服のシャツの上から悪戯にさわった場所——胸の突起がやけに過敏になっている。

（胸をさわられて声を出すとか、男としてありえないだろう……！）

カーッと全身が熱くなった。事態を受け止めきれずにいる純人に、おろおろした様子で文倉が声をかける。

「ご、ごめん。変なとこさわった……」

「は⁉」

「いや、だから……」

混乱中に何を言われても神経を逆撫(さかな)でされるだけだ。変なとこ？　べつに変じゃない。ただの乳首(ちくび)だし、さわられたからってどうってことない。ただ、その前に支倉がやたらとあちこちさわっていたせいで体がちょっとおかしくなっていただけだ。そうだ、おかしな反応を引き起こさせたのは支倉だ。こいつの悪ふざけのせいで。

一瞬で羞恥(しゅうち)は怒りに変換され、純人はがばっと立ち上がった。

「帰る！」

「え、ちょ、ちょっと待ってよ吉野……っ」

「うるさいっ、帰る！」

がっと鞄(かばん)を抱(かか)えて駆け出そうとしたら、腕を掴まれた。

強い力を入れたつもりはなかったのかもしれない。それでも純人はバランスを崩して後ろに引き戻され、自分よりずっと大きな支倉の体に背中から抱き留められてしまった。

「あ、ご、ごめん」

すぐ近くで響く声、自分より高い体温に一気に血液が逆流した気がした。

とっさに純人は支倉を突き飛ばし、よろめきながらも倒れなかった彼を真っ赤な顔でにらみつける。

「この……っ、節操なしが‼」

「え、と、ごめん……。でも吉野、聞いて……」

「うるさいっ、二度と俺に近づくな！　お前なんか絶交だ！」

自分でも子どもっぽいことを怒鳴っているのはわかっていた。でも、受け止めきれないほどの強烈な羞恥と怒りと動揺をぶつけずにはいられなかった。

くるりときびすを返して、今度こそ教室から飛び出した。絶対に追いつかれないように全力で走り、一度も振り返ることなく学校をあとにする。

走っている脳裏に最後に見た支倉の顔が浮かんだ。

戸惑い、焦り、困惑、動揺、懇願。

それらが入り混じって見えたから、支倉にとっても純人の反応は予想外だったのだろう。

そう気づけたのは彼との縁が完全に切れてからで、このときの純人はただひたすら支倉の存在を頭から追い出そうと躍起になっていた。

絶対に許さない、と意固地になって。

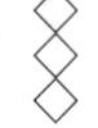

ふっと目を覚ました純人は、「ぅあー……」と自己嫌悪のうなり声を漏らして枕につっぷす。

頭の中から夢を追い出すようにぐしゃぐしゃと髪をかき混ぜた。

当時の夢は、何度見てもきつい。

おおげさな自分が恥ずかしくて、情けなくて、穴を掘って埋まりたくなる。

さらにその後の自分の態度を思い出せば、いっそう自己嫌悪に陥って、埋まった上に岩でも置いて墓石にしてくれという気持ちになる。

あのあと。

支倉は本当に何度も謝ってくれた。何度も、何度も。

でも、純人はそのすべてを突っぱねた。彼の顔を見るとおかしな反応をしたのを思い出して恥ずかしくなり、そんな気持ちにさせる支倉に腹が立って。

何度も突っぱねているうちに引っ込みがつかなくなった。もう怒っていなくても「許す」なんて言えなくて、支倉がしゅんとする顔を見るのも嫌で、彼を避けるようになった。

もともと支倉は、言葉遣いや態度がそっけなくなりがちな純人の言いたいことを誰よりも汲み取ってくれるくらいに察しがいい。そんな彼が避けられていることに気づかないわけがなく、とうとう支倉は純人に許されるのをあきらめた。

クラスが違えば疎遠になるのは簡単だ。

毎日学校に通っているのに姿を見かけることがほとんどなくなって、これまで彼がどれほど頻繁に教室に遊びに来てくれていたのかに純人は気づく。

自分から突き放したのに、会わなくなったことにほっとしてもいいはずなのに、逆に純人は支倉の姿を探すようになった。

ほがらかな支倉は男女問わず人気があり、友達が多い。見かけるときはいつも人に囲まれていて、自分といなくても彼が楽しそうなことに苛立った。

そのせいで、純人はますます意固地になった。

こっちだって支倉なんかいなくても何も問題ない。もしまた謝ってきても知ったことじゃない。ときどき彼が困り顔で、何か言いたげに見ているのを知っていながらも、絶対にこっちからは何も言ってやるもんかと気づかないふりをし続けた。

そうして、もう一度話すことも、仲直りすることもなく、支倉との縁は完全に切れた。卒業式の日、思いきった様子でこっちに向かってくる支倉からも純人は逃げたから。

我ながら幼稚で、頑なで、情けなくなるような態度だった。

わかっている。

あんなにおおげさに騒ぐようなことでも、怒るようなことでもなかった。

何度も謝ってくれた支倉を、拒絶し続けるようなことでもなかった。

あのころの純人は自意識過剰で、意固地になって逆に男らしくない振る舞いをしていた。

わかってはいるけれど、いまさら過去には戻れない。

彼ほど一緒にいて自然で楽しい人には、大学でも職場でも出会えなかった。おおらかでやさしい支倉はいちばんの理解者だった。

そんな相手との縁を引きちぎってしまった自分の愚かさを、彼の夢をみるたびに純人は思い出す。そうして、十年たったいまでも少し落ち込む。

（……いや、落ち込んだところで仕方ない。夢のことなんかさっさと忘れろ！）

ぱしん、と軽く頬を打って無理やり気分を切り替え、純人は布団から起き出した。

今日から新しい職場だ。時間に余裕をもって、完璧な状態で出社しなくては。

クリーニングから返ってきた服を並べているクローゼットから、ワイシャツ、スーツ、ネクタイを取り出し、下着と靴下とタオルは洗濯機の乾燥付きコース終了後のものをまるごと放りこんでいるカゴから引っぱり出した。しわくちゃだが見えない場所のもの、すぐ使うものだから問題ない。

大学卒業後、純人は食料品メーカーの総務部の経理課で働いていた。が、約一年前に社長が二代目に替わって以来、胡散くさいコンサルタントを雇って「大改革」と銘打った大規模なリストラと希望退職の募集が始まった。

純人としては特に退職を希望していたわけではなかったものの、総務部内から一名出せという通達があり、家族など守るべきものがない独身で、次の就職先が比較的決まりやすい男の自分が志願すべきだろうと思って、実行した。

もちろん軽い気持ちで決めたわけじゃない。が、適当な経費の申請を絶対に許さない純人は例のコンサルタントに煙たがられており、どうせ近いうちにリストラ対象になると思われた。

だったらこっちから辞めてやる、という気持ちになったし、自分でいうのもなんだけれど純人は優秀だ。

　これといった趣味がなく、恋愛にも興味がなく、一緒に遊び歩くほど仲がいい友人もいない純人には、威張れることではないがプライベートの時間を費やす対象がない。暇な時間にこつこつ勉強して仕事関係の資格をいくつも取ってきたおかげで、じつは公認会計士の資格も持っている。いざとなったら開業も可能なのである。

　とはいえ、給与と賞与があって有休もとれる会社勤めの「安定」の魅力は捨てがたい。ついでにいえば愛想がない自覚があるから、営業を自力でしないといけない個人事業主は厳しい戦いになるだろう。

　もちろん戦いから逃げる気などないが、独立は最終手段だ。就職活動に励んだ結果、幸運の女神は純人に微笑んでくれた。

　なんと、「SuNnySpiCe」、通称「サニスパ」と呼ばれている大手玩具メーカーに見事採用されたのだ。世界的にも人気のあるキャラクターを生み出した「サニスパ」は支社や工場を世界各地に構えていて、グローバル企業だけあって給与や福利厚生も充実している。株価も安定して高い優良企業。中小企業から一気にキャリアアップだ。

　正直、おもちゃにはまったく興味がないし、大文字と小文字が入り混じっている表記の社名も落ち着かないし、サラダスパゲッティの略・サラスパと間違えそうな略称になる軽いノリの社名自体も好みではない。

とはいえ、社内業務が基本の経理なら名刺交換をする機会もそうそうないし、事業内容にも直接は関わらない。「サニースパイス」というポップな社名の照れくささささえ我慢すれば転職先としてはこれ以上望むべくもない企業なのである。

（これで夢見さえよければ、幸先よかったんだがな……）

昨日買っておいたコンビニのおにぎり二個をレンジに放りこんで思うものの、悪夢だったかといわれたらそうじゃない気がする。

夢の中とはいえ、支倉に会えたのはなつかしかった。夢の後味が最悪なだけで、それも自業自得だから仕方ない。

温めたおにぎりは梅と鮭、これにお湯を注ぐだけのカップ味噌汁をつければ朝食の準備完了だ。朝の情報番組を見ながら特に味わいもせずに食べる。

大学進学と同時に実家を出て一人暮らしを始めたものの、十年たっても純人はいまだに料理が一切できない。朝食も昼食も夕食もコンビニ飯か外食、自炊といえばカップ麺やスープにお湯を注ぐか、パンをトースターで焼くくらいだ。

じつのところ、市販の味はあまり好きじゃない。料理上手な専業主婦の母親に育てられた純人にとって「手料理」が至高だ。が、自分で作る気は毛頭ない。

そのうち結婚して料理上手な嫁をもらえばいいのだから、それまでの我慢だ。

以前勤めていた会社では「うわ、いまどきそういう考え方します⁉」「嫁は母親でも召使いでもないんですけど！」と主に女性社員たちにドン引かれていたけれど、何が悪いのかさっぱりわからなかった。

べつに母親や召使いを求めているわけじゃない。シンプルに需要と供給の問題だ。

純人は外で働いて稼いできて、家事が好きな女性が家の中のことをすべてつつがなくやってくれればいい。両親を見る限りそれでとてもうまくいっている。

（まあ、いまのところ嫁どころか彼女もいないんだが……）

もともと人当たりがいいほうではないし、恋愛にうつつを抜かす男を純人は軟派だと思っている。

恋愛に興味も縁もないまま生きてきて、気づけば二十八歳。年齢的にはそろそろ結婚を意識してもおかしくないのに、相手がいない。

結婚願望自体はあるが、未来を想像してみても相手の姿は真っ白だ。好みのタイプすら自分でわからないからだろう。

我ながら硬派すぎるな、と思うものの、べつに困ってはいない。本気で結婚したくなったらお見合いをすればいいのだ。これもまた需要と供給、結婚したい者同士ならおそらく恋愛結婚より簡単に話が進むだろう。

とはいえ、まだ「そのとき」じゃない。

なんといっても今日から新しい職場に出勤するのだ。まずはしっかり仕事を覚えて、未来の家族を背負えるように職場に根を張るのが優先だ。

もくもくと朝食を終えた純人は身支度を整え、予定どおりの時刻に家を出た。

アパートから駅まで徒歩二十分、乗り換えなしで五駅の距離。事前に行き方も時刻表も調べておいたおかげで時間にも気持ちにも余裕をもっての通勤だ。

これまでの通勤とは線も進行方向も違うから、窓から見える景色も、そこそこ混んでいる電車内の顔ぶれもまったく馴染みがない。

ぼんやり流れてゆく景色を眺めていた純人は、ふたつめの駅のホームに電車が入ったときにはっと息を呑んだ。

（文倉……⁉）

ホームで待っている人々の中に、見覚えのある長身の男性がいた気がする。一瞬だったし、うつむいてスマホを見ていたけれど、よく似ていた。全体のバランスも、少し首をかしげるようなうつむき方も。

思わず追いかけるように車両を移動しようとしたものの、朝の通勤電車にそんな余裕があるわけがなかった。周りに迷惑そうな目を向けられて我に返る。

（今朝の夢に出てきたからって、十年ぶりに実物まで現れるとかないだろ……）

そうだ、どうせいつもの見間違いだ。

高校卒業後、少しでも文倉に似ている人を見かけるとドキリとしてしまう癖がついてしまったのだけれど、一瞬後には別人だと気づいてがっかりするのを繰り返している。たぶん、やさしかった友人を一方的に突き放したのが負い目になっているせいで無意識に探してしまうのだろう。

閉まったドアの外、流れてゆく風景を見るともなしに見ながら純人はため息をつく。

「……合わせる顔なんかないくせに、いまさら何を言うつもりなんだか」

ごく小さな呟きは、電車内の混雑に紛（まぎ）れて消える。

もう一度ため息をついた純人は、気を取り直すように背筋を伸ばした。

今日から勤め先となる玩具メーカー「SuNnySpiCe（サニースパイス）」の本社ビルは、ビジネス街の中心を貫（つらぬ）く大通りに面して堂々とそびえ立っていた。著名（ちょめい）な建築家が手掛けたという外観は直線と木材を多用していて、アーティスティックでありながらあたたかみもある。

（おもちゃ会社だからってファンシーな外観じゃなくて本当によかったよな……。まあ、中に入ったらけっこうアレなんだが）

エントランスを入ってすぐに目に飛び込んでくるのは、主戦力となっているキャラクターの壁一面のモザイク画だ。正面に受付があり、左手は打ち合わせ等にも使われていると思（おぼ）しきカフェスペース、右手は新作や定番の自社製品をお洒落に並べたディスプレイコーナーと、実際に使って遊べるキッズスペースが併設（へいせつ）されている。

ちなみに面接の日にディスプレイコーナーを確認したところ、ミニチュアの車やぬいぐるみ、テレビの戦隊ものやアニメ関係の各種グッズ、合体ロボットや着せ替え人形、おままごと用品など、純人が子ども用としてイメージする「おもちゃ」はもちろん、ベビー用品全般、キッズ用の大型遊具、環境にやさしくてアレルギーフリーな新素材の積木や知育玩具、文房具からアパレル用品まで網羅するキャラクターグッズなど、かなり幅広いラインナップだった。

そのぶん社内での部署も細かく分かれているようで、案内図には見慣れない部署名がずらりと並ぶ。が、目指す場所はひとつだ。

社員証はまだないから、受付で来客用の許可証をもらって首からさげ、奥に並んでいるエレベーターのひとつに乗り込んだ。行き先は十二階の総務部。

中途採用の新入りとして挨拶をして各種手続きを終えたあとは、来客用の許可証を正式な社員証に交換してもらって経理部へと案内された。中小企業では「事務」としてまとめられがちな総務と経理が完全に独立しているのも、十分な人員が確保されているのも、さすが大企業だ。

「ようこそ、サニスパ経理部へ。部長の赤江です。これからよろしくね」

華やかな雰囲気の女性が部内トップということに驚きつつ——前の職場では「長」のつくポジションの女性がほぼいなかった——、純人はきっちり頭を下げる。

「吉野純人です。こちらこそ、よろしくお願いいたします」

「おっ、綺麗なお辞儀だねえ。そういや剣道やってたって履歴書に書いてあったっけ」

「はい」

「いいですねえ、剣道。私もかつて少しばかりやっていたことがあります」

のんびりした声を挟(はさ)んできたのは白髪の紳士だ。彼の隣の浅黒い肌の美女がまつげの長い大きな目を見開き、少しカタコトながらも流暢(りゅうちょう)な日本語を繰り出す。

「この前、茶道もしてたって言ってたですね?」

「『道(どう)』のつくものが好きなんです」

「北海道もお好きですもんね〜」

ふんわり、可愛(かわい)いビジュアルにぴったりの声の持ち主の合いの手に紳士が「然(しか)り」と優雅に頷く。

「はいはい、雑談はいったん中止。吉野さんが戸惑っているでしょ」

部長が手を打って割り込むと、「すみませーん」と高さとトーンの違う三重の声が返った。

始業前とはいえ、ずいぶん和気藹々(あいあい)とした雰囲気だ。

印象は間違っておらず、朝礼で自己紹介と挨拶を終えるなり、あちこちからフレンドリーな声がかかった。

「わからないことがあったらなんでも聞いてくださいね」

「吉野さん格好いいから、おばちゃん緊張しちゃうわあ」

「吉野さんのほうが緊張してそうですよ」

「あらほんと。顔色悪いようですけど、大丈夫ですか」

「大丈夫です。もともとこんな顔色ですので……」

中途採用の新参者、しかも愛想がない自分にまったく臆することなく話しかけてくれるのはありがたいが、こんなに大勢の女性の注目を一身に浴びるのは初めてだ。緊張するし、反応に困る。

部内の同僚は総勢十名、うち男性陣は純人を除いてふたりだった。

ひとりは定年退職後に継続雇用されたというさっきの白髪の紳士で、もうひとりはもっさりした熊のようなおじさんだ。

男っぽい雰囲気のほうが馴染み深い純人にとって熊おじさんこそが気楽な相手になるかと思いきや、違った。おじさんのデスク周りは部内の誰よりもカラフルでファンシー、可愛い文房具とぬいぐるみであふれている。

(……ものすごく似合わないという以前に、職場でそういうグッズを使うのはどうなんだ)

実用性一辺倒で生きてきた純人は内心で顔をしかめるものの、よく見たら全員が多かれ少なかれファンシーグッズを使っていた。白髪の紳士も、部長もだ。

(やばい、別世界すぎる……)

いまごろ理解したけれど、ファンシーグッズはおそらくすべて自社製品だ。いつか自分もこのカラフルポップな色に染められてしまうのだろうか。硬派な男を目指す自分が、このチャラチャラした文房具を？　ぶるりと怖気が走った。

（俺は絶対に使わないからな……！）

男としてありえない、と内心で全否定していたら、遠慮がちにふんわりしたソプラノの声をかけられた。

「吉野さん、ちょっといいですか」

「はい」

さっと表情を整えて振り返ると、声と同じくふんわりした雰囲気の、可愛らしい小柄な若い女性が見上げていた。目が合うとぽっと頬を染める。

「えっと、わたし、井川っていいます。部長に任されたので、備品の使い方やお仕事内容について説明しますね」

「……よろしくお願いします」

なんとかぎこちない笑みを添えて返すと、井川が手をパタパタさせてなんだかよくわからない動きをする。

「さっきも言われてましたけど、吉野さんイケメンなんで緊張します～」

「……ありがとうございます……？」

返事に困って出てきたお礼の語尾が微妙に上がってしまったら、あちこちで噴き出された。

自分のことを「おばちゃん」と名乗っていた女性がけらけら笑う。

「やあだ、吉野さんって見た目キレーなお兄ちゃんなのに、中身おもしろそう！」

「イケメンの返し方じゃなかったですよね～」

「ていうかイケメンっていうより美形じゃないです？」

「たしかに～」

「こらこら、人の外見をあれこれ言うのはいい意味でもアウトって研修でやったでしょ。あと、もう仕事始まってるから。私語は謹んで」

部長の注意に、「はーい」「すみませんー！」と素直な返事が返ってみんな仕事に戻る。ノリのゆるさや研修の話など前の職場とのギャップに戸惑うものの、慣れるしかないだろう。

予告どおりに備品の場所と使い方を説明したあと、仕事内容とあわせて経理部で使うソフトの基本システムまで井川が教えてくれることになった。教えてもらう相手としては少々……いや、だいぶ不安を感じるが、手が空いているのが彼女しかいないようだからやむをえない。

可愛いキャラグッズが大好きでサニスパに入社したという井川のデスクは、熊おじさんの次にファンシーかつデコラティブだった。パソコンを囲んでいるピンクやイエローのぬいぐるみ、ディスプレイ周りのカラフルな付箋、うさぎ型のマウスパッド、やたらと飾りや小物がついた文房具。思わず眉根を寄せて聞いてしまう。

「……気が散りませんか？」

「全然～！　むしろこの子たちのために頑張るぞって思います！」

明るく返されて、そうですか、と呟くしかなくなる。

「この計算ソフト、慣れないとちょっと使いにくいかもしれないんですけどー」

さっそく始まった説明に、再び眉根が寄った。

(個人的な感想はいいから使い方だけ教えてくれ……)

なんて思っても、口に出さないだけの良識は純人にもある。ときどき質問しながらメモをとり、ひととおりの手順を習った。

「一回やってみます?」

「そうですね。間違えていたら教えてください」

教えてくれる人がいるうちに復習できるのはありがたい。さっそく計算ソフトを立ち上げるところから入力して取引先に送信する直前までを試しにやってみたら、井川が大きな目を丸くして拍手した。

「吉野さん、すごいです! 一回教えただけで完璧です～!」

「いえ、丁寧に説明していただいたおかげです」

謙遜も入っているけれど、これは本音だった。

最初は余計なおしゃべりが多いな、と思っていた井川の説明だけれど、意外なくらいにわかりやすかった。本人が理解していないと噛み砕いて説明するのは難しい。最初に「慣れないと使いにくいかも」と予告されたのも、難解ならしっかり理解しなくてはと心の準備ができたからよかったと思う。おっとりふわふわしたしゃべり方のせいで無意識に侮ってしまっていたかもしれない。

ひそかに反省する純人に、井川は照れた顔でかぶりを振る。

「吉野さんの理解力がすごいんですよ～。わたし、このソフトを使いこなせるようになるまで五回は失敗しましたもん」

「そうそう、勝手に数式変えちゃったりしてね」

「やだもう、バラさないでくださいよー」

「どうせ井川さんは自分でバラしちゃうでしょう」

「う～」

先輩たちにからかわれてふくれる井川は、童顔ということもあって学生のようだ。

こういうタイプの女性は男受けがよさそうだな、と思うものの、純人の心には響かないことが判明した。女の子っぽさを前面に押し出した感じの子は、慣れないせいか扱いに困るのだ。かといって、アダルトな雰囲気の女性も苦手なのだけれど。

続けて別のソフトの使い方も井川に習っていたら、部長が誰にともなく声をあげた。

「企画デザイン部、また伝票の提出遅れてない？」

「あ、クリスマス商戦用と年明けの企画ものが重なって最近バタバタしてるみたいです。部長さんに内線入れます？」

「今日中に提出されなかったら自腹って言っといて」

「了解です」

それから十分もせずに、経理部のドアが開いた。

「遅くなってすみません！　企画デザイン部の伝票預かってきました」

響いたやわらかな低音の声に、どきりとする。思わず目を向けると、声のイメージそのままの魅力あふれる長身の美男がドアのところに立っていた。

自然な色合いの明るい髪に凛々しい眉、くっきり二重の綺麗な切れ長の瞳。通った鼻筋、やわらかく笑うのが似合う形のよい唇。整った顔立ちにふさわしい、抜群のスタイル。――数メートル先にいたのは、ずっと忘れられずにいたかつての親友が大人になった姿だった。

呆然としている純人の耳に、駄目押しのように女性たちの苦笑混じりの声が響く。

「支倉さんってば、また部長に遅刻伝票持って行けって押し付けられたんですか」

「まあ支倉さん相手だと甘くなっちゃう自覚はある。こんな子に下手に出られて強く言えるわけないのよ～」

「ありがとうございます」

にっこりした彼が伝票を提出し、きびすを返す途中で止まった。純人と目が合う。

気づかれた、と思った瞬間、とっさに顔をそむけていた。そうして、自分の態度に気づいて慌てて顔を戻す。

ずっと、ずっと謝りたかった。昔みたいに無礼な真似など繰り返さない。

さいわい支倉は目を見開いたまま固まっていた。ほっとした純人は、さっき逃がした視線を自ら合わせる。

びく、と小さく彼が震えたように見えた。が、気にする余裕はこっちにもない。

息を吸って、吐いて、過去への謝罪の気持ちをこめて頭を下げた。

(あのときは本当にすまなかった……！　そしていまも、顔をそむけてごめん！)

心の中で念を送り、体を起こす。目を瞠っていた支倉がまばたきをして……ふわりと笑ってくれた。

言葉にできないようななつかしさと安堵が一気に押し寄せて、じんわり胸があたたかくなる。もう二度と、彼のあの笑顔は見られないものだと思っていた。

「吉野さん？」

井川の声にはっとして、慌てて視線をはずす。

「すみません。続き、お願いします」

うっかりしていたけれどいまは仕事中だ。余所見している場合じゃない。

それでも気になってちらりと目をやったら、支倉はもういなくなっていた。幻を見た気分だけれど、部長たちが企画デザイン部なる部署の伝票についてあれこれ言っているからちゃんと現実だ。

（……ここに転職できて、よかった）

大企業とはいえ男らしいとはいえない企業イメージだし、ファンシーに侵食されている社内におののいていた純人だけれど、思いがけない再会でそんなのはどうでもよくなった。

自己満足かもしれないが、支倉に当時のことを謝ろう。

ずっと胸の奥に巣食っていた後悔をきっちり清算して――もし可能ならば、また彼と友人に戻りたい。図々しい願いだとわかってはいるけれど。

謝罪をするなら終業後がいいだろうと思っていたのだけれど、正午すぎに思いがけないことが起きた。

昼休憩に入った経理部に、再び支倉がやってきたのだ。

「おひさしぶりです」

にこ、と笑って話しかけてきた彼は、間近で見るとどぎまぎするくらいすっかり大人の男性になっていた。

頬のラインがシャープになって幼さが完全に抜け、鍛えられた長身は肩や胸の厚みが増していて頼もしい。声も記憶にあるよりさらに低く、落ち着いたものになっていて、やわらかく耳に馴染むのにやたらと格好いい。

服装規定がないサニスパはラフな格好の社員も多いのだけれど、彼はデザイン関係の部署だからか、ほどよくラフでありながらお洒落だった。全体はシンプルながらもディテールに遊びがあって、色の組み合わせやサイズ感にもセンスのよさを感じさせる。

たしかに自分が知る支倉の面影があるのに、なつかしさよりも得体の知れない感情で胸が落ち着かなかった。彼の敬語が慣れないせいかも……と思ったものの、ここは職場だ。自分も社会人らしく返さなくては。

そう思いながらも言葉が出てこなくて口を開いたり閉じたりしていたら、支倉が少し不安そうに首をかしげた。

「俺のこと、憶えてます？」

「あ、当たり前だ……っ、いや、です！　支倉……さん、だろ……っ、でしょう」

友人だった彼に対するのと、会社の同僚への口調が感情の乱れそのままに混線してしまった。

ぶふっと彼が噴き出す。けれどもすぐに咳ばらいでごまかし、真顔に戻った。

「憶えててくれてよかったです。記憶から抹消されてるかな、って思ってたから」

「は」

怪訝な顔になる純人に何か言おうとして、ふと彼が周りに目をやった。つられて純人も視線を巡らせると、集まってお弁当を広げている経理部の女性たちが興味津々といった様子でこっちを見ているのに気づく。

目が合うと、「気にしないで～」と言いたげに女性たちがにっこりした。……気にしないというわけにはいかない。

支倉も同様だったようで、苦笑して純人に視線を戻した。

「憶えててくれたんならここに来た理由も言いやすいです。お昼の予定、決まってます？」

「え……、いえ。まだ決めてませんが」

「ご一緒しませんか？　おいしいランチが食べられるお店をご紹介します」

「……じゃあ、お願いします」

にこやかな誘いでありながら他人行儀な敬語。戸惑いと緊張、誘ってもらえた喜びと少しの不安でそわそわするものの、断る理由などなかった。

会社を出て徒歩十分ほど、レトロな外観の三階建てのビルの二階にあるというおすすめの店に向かう間に、純人は今日が出社初日であることや、前の職場について話した。

やわらかな笑顔、人なつこい雰囲気の支倉は相変わらず話を聞きだすのがうまい。彼のことを聞きたいのに自分のことばかりしゃべってしまう。本来の純人はおしゃべりが苦手なのに。

支倉に合わせて敬語をキープしようとしていても、しゃべっているうちについ友人に対する口調に戻ってしまう。店に到着したのを機に純人はとうとうギブアップした。

「すまないが、敬語はやめてくれないか。俺は支倉が相手だとすぐ素が出る」

「……いいの？」

「いいも何も、こっちが頼んでる」

「ん……、そっか。じゃあ遠慮なく」

支倉がにっこりして昔と同じ口調に戻す。見えない壁が消えたようでほっとした。

お昼どきということもあって小さな店は満席だったものの、客の回転がいいのか待つほどもなく二人用のテーブル席につくことができた。数量限定の日替わり定食をそれぞれ頼む。

「ここ、おいしいだけじゃなくてすぐ出してくれるんだよ。店長さんがひとりで回しているのにすごいよねえ」

「そうか」

相槌をうったものの、内容は頭に入ってきていなかった。気付け代わりにレモンスライスで香りづけされたお冷やを一気にあおり、グラスを置いた純人は大きく息をつく。

姿勢を正し、小さなテーブルを挟んで向き合っている支倉を正面から見た。そうして、勢いよく頭を下げた。

「高校のころはすまなかった！」

「え……」

「あのころの俺はまったくもって男らしくなかった。支倉はちゃんと謝ってくれたのに、話を聞かず、目も合わせず、最後まで避けてばかりいた自分が本当に情けない。あんな真似をしたことを俺はずっと後悔してきた。許してくれとは言えないが、せめて謝罪させてくれ。俺が未熟だったばかりに、本当にすまなかった！」

心からの言葉を告げると、唖然としているような間があってから小さく笑う気配がした。

「顔上げて、吉野」

やわらかな低音に促されて、テーブルに鼻先がつく寸前まで下げていた上体をびしっと起こす。声のままに支倉の眼差しはやわらかく包みこむようで……どことなく甘く見えて、きちんと起こした体の内側で心臓がおかしな感じで跳ねた。

「俺ね、吉野のそういうところが昔から好きだったよ」

跳ねたばかりの心臓が今度はひっくり返る。どんどこ鼓動が速まるものの、表情に出ることなく固まっている純人に支倉が続ける。

「ていうか、謝らないといけないのって俺のほうだよ。口もきいてもらえないとか、本当に怒らせたんだなってすごく後悔したし、自分の軽々しさを死ぬほど反省した。あのときは、本当にごめんなさい」

さっきとは逆で、支倉が深く頭を下げる。そんなことをしてもらうつもりじゃなかった純人は焦ってしまう。

「は、支倉は悪くない……っ、顔を上げろ！」

彼のようにやさしい言い方ができずに命令してしまったら、噴き出した支倉が笑いながら上体を起こした。

「なんか、『手を挙げろ！』みたいな言い方」

「し、仕方ないだろう、いきなり頭を下げられたらビビる！」

「俺に同じことしたのに？」

「いや、あれは……っ、うむ……、すまん」

たしかにな、と納得して謝るなり文倉の笑みが深まった。

「吉野って、本当に吉野だねえ。やっぱりそういうとこ、好きだよ」

「……っ、そうか。文倉は……変わっていないような気もするが、ずいぶん軟派になった気もする」

「え、ほんと？　自分では変わってないつもりなんだけど」

「昔はそんな、ぽんぽん好きだの言わなかっただろう」

「ああ……、そうだね。うん、そこは大人になったかも」

「軟派の間違いじゃないのか」

内心でどぎまぎしながらツッコミを入れたのに、やわらかく笑った文倉はかぶりを振る。

「好きなものを好きって言うの、ほんとはけっこう勇気がいることなんだよ。特に人が相手だと、本人に否定されたりもするからね」

「……うむ、たしかに」

「だから言うタイミングと言い方には気をつけるようにしてるけど、黙っていても伝わらないからちゃんと表に出すように心がけてるんだ。仕事がら、自分の『好き』をないがしろにしてたらブレちゃうしね」

「仕事がら……というと、企画デザイン部っていうのは具体的に何をしているんだ？」

前職では聞いたこともない部門だけに想像もできない。ストレートに聞いてみたらあっさり返された。

「部署名そのまんま。新しい商品の企画をして、デザインもするとこ」

「しかし、商品といっても幅広いだろう」

「うん。だからそれぞれに得意分野がある。俺はキャラクターグッズの担当が多いよ。日常的に使えるものが好きだし……っと、ありがとうございます」

話を中断した支倉が、ランチを運んできた店長にお礼を言ってトレイを受け取る。普段はお店のスタッフにお礼を言う習慣がない純人も慌てて彼に倣った。

（支倉、本当に誰にでもフレンドリーだな……）

こんな男前が愛想を振りまきまくっていたら誑しこまれる人がわんさかいそうだ。ここの店長は男性だから大丈夫だとしても、支倉の行く先々で被害が起きていないか少し心配になってしまう。自分が心配することじゃないのはわかっていても。

日替わり定食はメインを肉と魚から選べるようになっていて、支倉と純人はそれぞれ違うものを頼んでいた。純人は魚——秋鮭のねぎ味噌ホイル焼きだ。

十字に切り目が入ったホイルを開くと、ほわ、と湯気と共においしそうな香りが立ちのぼった。鮭以外にも数種類のきのこやシシトウ、薄切りの南瓜や人参が入っていてボリューム満点。別添えでバターが付いている。

「おお、うまそう……」

「ほんと。でもこっちもうまそうじゃない？」

思わずこぼれた声に反応があって目を上げると、支倉がにっこりして自分のランチを示す。

彼のメインはチキンソテーのきのこクリームソース仕立てだ。こんがりいい色に焼けたチキンにたっぷりきのこ類が入った白いソース、パセリのグリーンも食欲をそそる。

「うん。そっちもいいな」

「でしょ。俺もそっち食べてみたいし、ひとくちずつ交換しない？」

「……まあ、いいだろう」

偉そうに答えたものの、学生時代に戻れたようで内心ではうれしくてじっとしていられない気分だった。当時の支倉は純人の弁当箱から唐揚げを奪って、「お返し」と彼のお弁当から純人が気に入っていた生姜焼きを勝手に返してくれていたから、まだ遠慮は感じるけれど。

お互いの皿に自分のメインをひとくちずつシェアするという純人にとって初めての体験を交えつつ、「いただきます」と同時に食事を始めた。

おすすめの店というだけあって、どれもすごくおいしかった。

ひとくちぶんもらったチキンソテー、秋鮭のねぎ味噌ホイル焼きのメインはもちろんのこと、つやぴかの白米、根菜と油揚げのお味噌汁、副菜のポテトサラダ、香の物のセロリと胡瓜と人参の甘酢漬けまで文句なし。

ひたすら食事を堪能していた純人は、自分たちのテーブルだけまったく会話がないことに気づいてはっとした。もともと「食事中にしゃべらない」という躾を受けている純人は会食中も無言になりがちなのだけれど、多くの人が会話を楽しみながら和気藹々と食事するのを好むとくらい知っている。

ちらりと目を向けたら、思いがけずに支倉はこっちをほほえましげに眺めていた。ごくん、と口の中のものを飲みこんでから純人は口を開く。

「なに見てるんだ」

照れくささもあったとはいえ、我ながらつっけんどんな口調になってしまった。内心で焦る純人に支倉は気を悪くした様子もなく答える。

「うまそうに食うなあって」

「……うまいからな。ひさしぶりにちゃんとした食事をした気分だ」

「普段はちゃんとしたメシ食ってないってこと？」

「いや、そんなことはないが」

「たとえば？」

「……コンビニ飯が七割、外食が三割」

「は」

瞠目した支倉が、おそるおそるといった様相で聞いてきた。

「自炊は一切ナシ？」

「できないからな」

「いや、そんな堂々と言う？　ていうか、家庭科の授業で基本は習ったじゃん」

「忘れた。必要もないし」

「ええー……、って、それはそれで吉野っぽいけど……。でもマジで？　メシ作る能力って必要ないことないと思うけど」

「そうか？　コンビニに行けばいつでも自分で作る以上にうまいものが手に入るし、外食すれば食べたいものが食べられる。わざわざ手間ひまかけて自分で料理できるようになる必要も、道具や食材をそろえる必要もないから合理的だと思うが」

「うーん、まあ、そういう考え方もあるよね……」

苦笑しながらも支倉は純人を否定しない。彼は昔からおおらかで、自分が正しいと信じてつい頑なになってしまいがちな純人を受け入れつつ、ゆっくりと違う考え方もあるよと示してくれていた。

いまのこの言い方も、全面賛成じゃないから支倉には別の考えがあるということだ。

「支倉はどうなんだ？」

「俺？　俺はけっこう料理するよ」

「するのか？　男なのに」

思わず出た驚きの声に支倉が笑う。

「男だけど。ていうか、ここの店長さんだって男じゃん？　プロの料理人とかパティシエって男性が多いけど、そのへんも違和感あるの？」

ぱしぱしと目を瞬(しばた)いて、純人は首をかしげる。

「……いや、ないな。『仕事』としてやっているぶんには何も思わない」

「でもさ、『仕事』にする前段階があるわけでしょ。プロじゃないけど、普通に料理が好きだったり、上手だったりする男。そういうのはどう思う？」

「……プロになるために努力しているんなら、一般的な男とは別扱いすべきなんじゃないか」

「えー、そうくる？　じゃあ吉野にとってわりと料理が好きな俺とかは異端？」

「そ、そんなことはない。趣味が料理というだけだろう」

「趣味ってほどじゃないって言ったら？」

「……趣味じゃないならどうしてやるんだ？」

本気でわからなくて眉根を寄せたら、支倉が噴き出した。

「必要に迫(せま)られて、って言っても、コンビニか外食で解決できるっていう吉野にはよくわかんないかなあ。でもさ、食べたいものを自分で、自分好みの味で作れたら、そっちのが合理的なあ」

「そっか。俺は試合があるスポーツを真剣にやったことがないから、感覚がちょっと違うのか
きっぱり言うと、支倉が困ったように眉を下げた。

「いや。強くないと楽しくない」

「上達の過程も楽しいよ。剣道だってそうでしょう」

「……それはそうだが、そのレベルに至るまでが大変だろう」

だって思わない？」


「ああ……、支倉はずっと美術部だったもんな。体格にも運動神経にも恵まれているくせに、もったいないと当時は思っていたが……」

「え、ちょっと待って吉野、もったいないって思ってたの？」

「そりゃ思うだろう。俺はどんなに頑張っても支倉みたいな体にはなれなかったし、おまえの腕力と反射神経があったらインハイで個人優勝だって目指せたはずだ」

「いや、無理でしょ。体育の剣道の授業で俺、吉野にこてんぱんにやられてたじゃん」

「当たり前だ。俺は生まれたときから竹刀をおもちゃ代わりにしてきたんだぞ。支倉の体に俺の中身が入っていたら、って話だ」

「……吉野、俺の体がそんなに好きだったんだねえ」

しみじみとした呟きにぱちくりとまばたきした直後、かっと顔が熱くなった。

「へ、変な言い方をするな……！　俺はただ、男としての理想の体型としての話を……っ」

「わかってる、わかってるって。そんなふうに言ってもらえてうれしいよ。吉野から見たら宝の持ち腐れだったかもしんないけど」

くすくす笑いながらの発言にはっとして、純人はばっと頭を下げた。

「すまん！」

「え、また？　今度はなに……!?」

「支倉の体型がうらやましかったからって、『もったいない』は失礼だったな。言葉が足りていなかった。俺は芸術についてはわからないが、支倉の描く絵はうまいなと思っていたし、仕事につながっていて尊敬する」

「ちょ、いいよ吉野、照れちゃうじゃん。ていうか、食べ終わったんならもう出よう？　待っているお客さんもいるし」

促されて、謝り足りない気分ながらも純人は頷く。

会計時、過去のお詫(わ)びも兼ねておごるつもりだったのに「再会祝いに」と逆に支倉におごられてしまった。レジ前であまりごねるわけにもいかず、笑顔に押し負ける形で純人は受け入れてしまう。

が、社屋に戻りながらきっちりお返しを主張した。

「次は俺がおごってやるからな！」

「ほんと？　じゃあその次は俺ね」
「な、なんで順番制にするんだ……！」
「いいじゃん。俺、このあたりの地理詳しいよ？　うまいメシ屋巡りしようよ」
「……悪くないな」
「でしょ」

にっこりする支倉はご機嫌だ。つられて自分まで顔がゆるみそうになる。というか、たぶんゆるんでいる。

（仕方ないよな、ずっと後悔していた支倉への謝罪が叶ったんだ）

若気の至りを許してもらえて、逆に謝罪までされて、昔のような友人関係に戻れた。完全には戻れていなくても、これからランチを一緒に食べ歩くうちにきっと「親友」に戻れるだろう。

それが、自分でも不思議なくらいうれしい。

笑っている支倉と他愛もないことを言い合って、一緒に歩いていられるのがうれしい。

はたと思い出して、純人はスマートフォンを取り出した。

「支倉」
「ん？」
「……昔みたいに、また仲よくしてくれるってことでいいだろうか」

足を止めた支倉が目を瞬く。自分だけがその気になっていたのかと一瞬ひやりとしたものの、ゆっくりと彼が笑み崩れた。

「わざわざ確認するの、すごい吉野っぽい。うん、また俺と仲よくしてやってください」

「なんで敬語なんだ」

「お願いだから？」

今度はなんで疑問形なんだ、と聞く前に支倉もスマホを出した。

「連絡先、交換する？」

「ああ。……変わったのか」

ぼそりと聞くと、少し目を見開いた彼が淡く笑ってかぶりを振った。

「昔と同じ。吉野は？」

「俺も変わらない」

「じゃあ、交換しなくていい？」

「俺はいい」

「……俺も」

やわらかく、とけだしてしまいそうに支倉が笑う。むずむずして、くすぐったくて、純人も真顔ではいられなかった。

ずっと消せずにいた連絡先の相手が、自分の連絡先を持っていてくれたのがひどく照れくさくて、うれしかった。

2

転職初日に支倉と友情復活して以来、ほぼ毎日ランチを一緒にするようになった。

ほぼ、というのは、支倉のほうで会議が長引いたり、打ち合わせで外出していたりすることがあるからだ。

必ずしも事前連絡を入れられるとは限らないから、昼休憩に入って十分たっても音沙汰がない場合は「別々でランチ」というルールをふたりで決めた。

支倉とランチを一緒にできない日は、ひとりでふらりと入った店で昼を食べる。が、店を選ぶ才能がないのか、どうもおいしくない。

そのことに気づいた純人は、ひとりランチのときは最初に支倉に連れて行ってもらったお店に行くようにしたものの、そこも支倉が一緒のときほどにはおいしくなかった。いや、おいしいのはおいしいのだけれど、何か物足りない。

(ひとくち交換できるかどうか、なのか……?)

支倉とランチに行くときは、別々のものを頼んでひとくちぶん交換するのがすっかり恒例になっている。シェアしたがる女子か、というツッコミを自分たちに入れるべきかという気持ちがないこともないけれど、味見自体は楽しいから黙っている。

というか、支倉といるのが楽しい。

（あいつ、本当に大人になったよなあ）

昔から話しやすくて、一緒にいるのが楽な相手だったけれど、そこは変わらないままで昔以上になった。

何が昔以上になったのかはうまく言葉にできないけれど、なんというか、ランチタイムを終えてそれぞれの職場に帰るときにちょっと離れがたい気持ちになるのだ。たぶん、話題の豊富さや気遣いのこまやかさがレベルアップしているからだろう。

（俺も成長しないとな……）

支倉を見ているうちに、硬派を言い訳に周りへの気遣いをおろそかにしてきたかもしれないと純人は思うようになった。

自分をもっていることは大事だが、自己主張しかしていなかったらそれは子どもだ。大人なら全体を見て、頭から否定したりしないでたくさんの意見を聞いて、間違えていたら素直に直して、そのうえで譲れない部分――自分なりの人生の美学をもつべし。

強くなければ生きていけない、やさしくなければ生きている価値がない、というのはどこで聞いたフレーズだったたか。

やさしい支倉に負けないように自分もやさしくなるぞ、なんて対抗意識を燃やしている時点で大人っぽいとはいえないが、思うことは行動の第一歩である。

そうこうしているうちに一カ月近くたち、十月末。

仕事にも慣れ、できることや全面的に任されることが増えてきた純人は、キリのいいところまで終わらせようと金曜日にいつもより少し遅くまで働いた。といっても残業というほどではない。これまで定時きっかりに退社していたのが二十分ほど遅くなっただけである。

エレベーターで一階に降りると、エントランスに見覚えのある長身の後ろ姿を見つけた。

「支倉！　いま帰りか」

「あ、吉野。帰ろうと思ったんだけど……」

軽く肩をすくめた支倉が示したのはガラス張りのドアの外。五時半前という時間帯のわりにずいぶん暗いと思ったら、雨が降っている。

「けっこう降ってるな」

「天気予報だと晴れのち曇りって言ってたのになあ」

嘆息(たんそく)する支倉は、戻って小降りになるまで残業するか、近くのコンビニまで走ってビニール傘を買うか迷っているところだったらしい。

「なんだ、それなら俺と会ったのは運がよかったな。入れてやる」

鞄から折り畳(おりたた)み傘(がさ)を取り出して、ドヤ顔で広げて見せる。くすりと支倉が笑った。

「じゃあ、コンビニまでよろしく」

うっかり鞄に入れっぱなしにしていた折り畳み傘だけれど、思わぬ形で役に立ったな……と機嫌よく支倉に傘を差しかけ、雨の中を並んで歩きだす。さすがに成人男性ふたりで折り畳み傘は小さいが、頭が濡れなければあまり気にならないものだ。

「吉野、俺が持つよ」

歩きだしてすぐに申し出た支倉を純人はじろりとにらみ上げた。

「なんだ、背が高いほうが持つべきとか言うなよ」

「そんなんじゃないよ。傘に入れてもらっているお礼」

「気にするな」

「……ごめん、言い直す。吉野が俺のほうにばっかり傘くれてるから。肩、濡れてんじゃん」

困り顔の支倉の指摘は本当だ。が、べつに純人は気にしていない。

「俺はスーツだが、支倉はセーターだろ。雨の染み方が違う」

「いや、でも今日寒いし、悪いし……」

「気にしなくていい」

「あんま格好いい態度とられると、惚れそうになるんだけど」

ため息混じりの呟きに心臓が跳ねた。無言になった純人に支倉がはっとした顔になる。

「ごめん、吉野にこういう冗談アウトだったね」

「……べつに、気にしてないから大丈夫だ。俺も少しは大人になったからな」

一瞬固まったのはなかったことにして、少し胸を張って言い返す。まばたきした支倉が軽く首をかしげた。

「そっか。じゃあ、肩とか抱いても平気?」

「は」

「もっとくっついたほうがお互いに濡れないと思うんだけど、女性扱いするなって吉野がいやがるかなーって思って遠慮してたんだよね。俺としてはそんなつもりじゃないんだけど」

「……そんなつもりじゃないなら、やればいい。俺は気にしない」

「よかった」

にっこりした支倉の長い腕が肩に回り、抱き寄せられる。体の側面が密着した。というか、長身で半ばすっぽりと包みこまれている感じになっている。

布地ごしでも伝わっている体の硬さ、ここまで近くなって初めてわかるほのかなトワレのいい香りに、ものすごく落ち着かなくなった。心臓がどんどこお祭り状態になってしまったけれど、二度と過去の失敗はしないと心に誓っている。

他人と密着するのに慣れていないからといって動揺などするものか。相手は支倉だ。やわらかな誘惑的曲線をもっている女性じゃない。ただの男友達。……うん、大丈夫。

なんとか自分を立て直した純人は、ぎこちなく歩きながらちらりと支倉を見上げた。

「もう少し離れたほうがよくないか？　歩きづらいんだが……」

「がんばれ」

にっこり笑顔で応援されてしまった。自分は文倉を雨に濡らしたくないが、たぶん文倉も純人が濡れているのが嫌だから離れる気がないのだろう。

（……まあ、俺も逆の立場だったら申し訳ないもんな）

コンビニまでは徒歩五分ほど。移動中は長く感じたのに、到着したら一瞬だった。

ここでビニール傘を買ったらそれぞれ帰路につくんだな、と少し寂しくなっていたら、思いがけない事態が起きた。

傘が売り切れていたのだ。

「仕方ないな、駅まで送ってやる」

無意識に頬をゆるめながらも偉そうに言ってやると、「んー……」と文倉はなにやら考えこむようにさっきより雨脚（あまあし）が弱くなった暗い空を見上げる。

「それより、もうちょっとでやみそうだし雨宿り（あまやど）りに付き合ってくんない？」

「雨宿り？」

「メシ食いに行こ。おごるし」

「行くのはいいが、おごるな。今日の昼も文倉の番だっただろう」

「でも、これからのは傘のお礼だよ」

「礼などいい。で、どこに行くんだ」

にこやかに押し切られないように、さっさとコンビニから出て純人は再び傘をさす。ついてきた支倉が右手を指さした。

「こっち。ちょっと歩くけどいい？」

「ああ。ほら、入れ」

「お邪魔しまーす」

傘の中に入ってきた支倉にまた肩を抱かれた。

「……おまえ、こういうのに慣れてそうだな」

「うん？」

「流れるような自然な動き」

肩に回された手をあごで示すと、小さく噴き出された。

「そう？　照れるなあ」

「褒めてない」

「えー……、じゃあ不愉快？」

歩幅を合わせて歩きながら支倉が眉を下げる。純人より大柄な男前のくせに、そういう表情には妙な可愛げがあるのがなんだかずるい気がした。

ぷいと視線をそらして答える。

「そういうわけじゃないが。女慣れしていそうだな、と」

「普通だと思うけど」

「何をもって『普通』と言うかだな」

「それはそうだね」

素直に納得した支倉が「あ、ここだよ」と雑居ビルへと促し、それ以上はうやむやになる。

少なからずほっとしたのは、支倉の恋愛遍歴（へんれき）を聞きたいような、聞きたくないような複雑な気持ちだったから。あと、聞いてしまったらこっちまで話す羽目（はめ）になりかねない。

硬派を自認する純人としては恋愛に興味がないことは恥ずべきことじゃない一方で、あらゆる面で未経験なことは隠しておきたいという見栄（みえ）もある。複雑な男心というものだ。

（特に支倉なんか、経験豊富そうだしな）

肩に腕を回す仕草が自然というだけでなく、高校時代から支倉はモテまくっていた。性格も顔もスタイルもよくて、勉強もできるほうで、運動部じゃないくせにけっこうなんでも器用にこなしていた彼がモテないわけがないのだ。

欠点らしい欠点といえば人当たりがよすぎて軟派に見えることくらいだが、意外にも高校時代の支倉は彼女をつくったことがなかった。「吉野といるほうが楽しいし」と言う彼に、親友として悪い気はしなかったものだ。

が、進路が分かれてからのことは知らない。美大に行ったというのは噂（うわさ）で聞いたけれど、それっきりだ。いま現在、彼女がいるのかどうかもわからない。

(……まあ、支倉がどんな相手と付き合ってきていようが俺には関係ないがな！)

自分に言い聞かせて、支倉に続いて階段を上がる。

連れて行かれたのは、オーガニック野菜をふんだんに使った和風ビストロといった感じの店だった。出入口には墨痕鮮やかな『水無月』という藍の暖簾がかかっていて、カウンターを選べば調理する様子を見ることができ、ゆったりすごしたい場合は奥に半個室もある。

純人としてはどの席でもよかったのだけれど、支倉は迷いなく半個室にした。

その理由は、ふたりきりになった瞬間に判明した。

「吉野、脱いで」

「な……っ⁉」

「スーツ、けっこう濡れてる。シャツまで染みてるんじゃない？」

「……あ、ああ、言われてみれば、たしかに」

壁際にはハンガーが用意されており、純人はスーツのジャケットを脱いだ。それを支倉が受け取り、代わりにタオルハンカチを渡される。

「あんまり役に立たないかもしれないけど、ちょっとでも拭いて。俺はお店の人にスーツを乾かせないか聞いてみるから」

「いや、いい。おおげさだぞ、支倉」

「でも……」

「座れ。食ってるうちに乾くだろうし、おおごとにしたくない。ていうか、俺は腹がへった」

「……わかった」

しぶしぶ純人のジャケットをハンガーにかけた支倉が、なぜか着ているセーターを脱ぎ始めた。

「な、なにやってるんだ支倉、おまえのは濡れてないだろうっ」

「うん。だから吉野に着ててもらおうと思って」

「馬鹿言うな、着ないぞ。なんで俺がおまえのセーターを……っ」

途中まで脱いだ状態で止まった支倉は、下にカットソーを着ているとはいえ無駄に色気がある。脱ぎかけのポーズがアイドルや俳優のグラビアで採用される理由がわかったような気がしたものの、そんなものに理解を示している場合じゃなかった。

支倉が困り顔で首をかしげる。色っぽいうえに可愛げがあって男前とか、盛りすぎだ。意味不明な動揺がひどくなるからやめてほしい。

「気化熱って侮(あなど)れないよ？　ワイシャツが乾く間に吉野の体が冷えたらいけないし、せめてこれを着ててもらえたらって思ったんだけど……やだ？」

「いやだ」

きっぱりはっきり拒否する。かわいこぶっても今回ばかりはほだされない。これは男の矜持(きょうじ)

だ。虚弱体質の女子ならまだしも、純人は幼少期から体を鍛えてきた元剣道男子である。

「支倉、面倒見がよすぎるぞ。彼女が相手ならまだしも、相手は俺だぞ」

「そうだけど……、俺のせいで吉野が風邪ひいたら困るし」

「ひかない。ゆえにそのセーターは着ない」

「んー……、着なくてもいいから、肩から羽織るだけでも」

「ほんっとに心配性だな」

呆れ顔で言ってやるのに、「うん、心配だから」と真顔で頷かれた。そんなに素直に返されたら拍子抜けするし、突っぱねるほうが意固地な気がしてきてしまう。

過去の自意識過剰だった自分を思い出して一瞬心が揺れたけれど、脱ぎかけのセーターの下、しっかりと引き締まった厚みのある体つきに小さな疑問が湧いた。

「支倉、服のサイズいくつだ」

「LL」

戸惑いながらもさらっと返ってきた返事に渋面になる。せめてLであってほしかった。Mサイズの純人よりツーサイズも大きい時点で、羽織るだけでもすっぽり感が出そうで男として受け入れられない気分が強化された。

「……悪いが、気持ちだけ受け取っておく」

渋面、もしくは声音で絶対無理というのが伝わったのか、ようやく支倉が「ん、わかった」

とあきらめてくれた。セーターも元どおりでほっとする。

濡れた肩をタオルハンカチで雑に拭きながら、ふたりでメニューに目を通して注文を決める。それぞれに食べたいもの、飲みたいお酒を選んで分け合うことにした。文倉とのシェアにはもうすっかり慣れている。

注文を終え、借りたタオルハンカチを改めて見た純人は大きく目を瞬いた。

一見シンプルなネイビーのタオルハンカチのようで、片隅に愛らしいうさぎの刺繍(ししゅう)が入っている。縁(ふち)をチェック柄でトリミングされていることもあって、広げてみると男らしいとはいえないデザインだ。

「……文倉、これ、もしかして彼女さんのか？」

急にずんと気分が重くなって、抑えきれない不機嫌が声に滲(にじ)んでしまった。目を瞬いた文倉が「あっ」と声をあげる。

「違う違う、俺の。引いた？」

「引いて……は、いないと思う、が。本当に？　おまえの私物？」

「うん。俺がデザインしたやつなんだ」

「あ、ああ……、なるほど」

納得する一方で疑問が湧いた。

「男だからって男児用担当ってわけじゃないんだな。でも、女児用にしては渋くないか」

「うちの会社ではデザインするときに男児用、女児用で分けてないんだよ。なんだったら子ども用、大人用っていう分け方もしてない」

「はあ……？　マーケティングしてないってことか」

あんなに大きな企業なのにありえないだろう、と眉根を寄せたタイミングでお酒と料理が運ばれてきて一時中断する。

とりあえず「おつかれさま」と軽くグラスを合わせてから支倉が話を再開した。

「マーケティングはしてるけど、押し付けはしないのがサニスパの理念ってこと」

「んん……？」

よくわからん、というのが思いっきり出ている純人に笑って、嚙み砕いた説明が足される。

「たとえばだけど、ブルー系は男の子用、ピンク系は女の子用、パステルカラーは子ども用、ダークカラーは大人用っていうイメージを企業側が押し出すと、そこからはずれたものを好むのがおかしいみたいになるじゃん。だから、売れ筋とかのリサーチはもちろんするんだけど、勝手なイメージで商品デザインを狭めないようにしてる。女の子でも黒や紺色とかの落ち着いた色が好きで、ひらひらキラキラしたデザインが苦手な子もいるし、逆に可愛いのが好きな男の子もいっぱいいる。大人だってそうだよ。おじさんだから、おばさんだからこれは似合わないなんて思わなくていい社会にしたいじゃん」

出社初日に、同僚の熊おじさんがファンシーグッズを持っているのを見て「似合わない」と内心で引いていた自分をふと思い出した。いまはすっかり慣れて何も思わないけれど、慣れれば気にならない程度のことにぎょっとするのは、知らないうちに刷り込まれた先入観のせいだ。それを変えたい、と文倉は言っているのだ。

少し前までの自分に気まずさを覚えつつ、賛同した。

「……いいことだと思う。社会とか、ずいぶん大きい単位で考えてるんだな」

「会社ってそういう関わり方ができるところだからね。『社会』をひっくりかえしたら『会社』になるし？」

「それは関係なくないか」

思わずツッコミを入れると、「人が働いている会社が集まって社会ができるじゃん」と切り返された。なるほど、一理ある。

「とにかく、社会を変えるのってすぐには難しいものだけれど、ちょっとずつならできるって信じてデザインしてるんだよね。使いやすいデザインのアイテムを提供することで、いろんな人に慣れてもらうのが目標っていうか。……まあ、こういう小物系でターゲットを広くするとそのぶん中途半端なデザインになることもあるから、そのへんは研究中なんだけど。あ、でもこれはけっこう人気商品になったよ。吉野でも使える感じでしょ」

「……たたんであったら、ナシじゃないな」

「で、広げたときに癒やされない？」

「うん、まあ……、そう言われてみたらそんな気もするが」

改めてタオルハンカチを眺める。ネイビーのタオル地に、垂れ耳のうさぎとクローバーの刺繍。男らしさとは無縁だが、たしかに可愛い。仕事に疲れているときに見たら癒やされる……かもしれない。

「このうさぎなんかも文倉が描くのか」

「いや。俺はプロダクトデザイン担当だからキャラデザスタッフは別にいるよ。あ、でもこの子はサニスパオリキャラじゃないから担当者として俺が全面的に手掛けたけど。ちなみにこのうさぎちゃん、オルトさんっていう人気イラストレーターのオリキャラで『ニース』っていうんだけど、元イラストが鉛筆と水彩だから刺繍でタッチを表現してもらうのにすごい苦労したんだよねえ」

「……なんだって?」

日本語を話しているはずなのにあちこち意味不明で聞き返すと、丁寧な追加説明をしてもらえた。純人は自分の勉強不足を反省する。

「……すまん。一カ月近くもたつのに仕事用語をまったく理解できなかったとは……」

「吉野は部署が違うでしょ、気にしなくていいって」

軽やかに言って、「それよりこれ食う？　めっちゃうまいよ」と話題を変えてくれる。せっかくの気遣い、無駄にすまいと頷いた。

「それは？」

「里芋（さといも）とホタテのグラタンだって。どのくらい食える？」

「とりあえずスプーン大盛り二杯」

「オッケー」

店側が付けてくれた取り皿にチーズがふつふつ、こんがりしているおいしそうな部分をたっぷりよそってくれたのを受け取る。と、「あれ」と文倉が目を瞬いた。

「え」

「袖のボタン、取れそうだよ」

皿を置いて確認したら、たしかに右袖のボタンが糸一本でゆらゆらぶらさがっていた。顔をしかめる。

「見苦しいな。もう着られない」

「え、なんで？　付け直したらいいじゃん……って、もしかして吉野、ボタン付けできないとか？」

「そういうのは男がすることじゃないだろう」

「ああ……、そうね、吉野だったらそう言うか」

苦笑混じりの返事にむっとして言い返す。

「文倉はできるのか」

「まあね。学校でも習ったじゃん」

「それはそうだが、自分で付ける機会なんかないし、使わない知識は忘れるもんだろう」

知識として知っているだけで本当はできないんじゃないのか、と思ってつっこんでみたら、思いがけない返事がきた。

「俺はけっこう機会があったからなあ」

「……？」

「言ってなかったっけ？　うち、母子家庭なんだよね。忙しい母親にいちいち頼むのも悪いなーって思ってたから、自分でできるようになったら普通に自分でやってたよ。メシとか作るようになったのもそういうのの延長だったし」

「そ、そうか……。すまない」

「吉野が謝ることじゃないだろ」

笑ってさらりと流してくれたけれど、なんだかとても申し訳なかった。

支倉が母子家庭というのは、たぶん初耳だ。わざわざ言うようなことじゃないにしろ、高校時代の純人が彼の家庭事情に興味を示さなかったというのも大きいだろう。

友人とはいえ、よその家のことをあれこれ聞くのは礼儀知らずだからその点はいい。ただ、彼の話から自分がずいぶん甘やかされた子どもだったのを自覚してしまった。

純人は母親が忙しそうにしていても、何か頼むのを悪いと思ったことがなかった気がする。

実家では時間になれば温かくておいしいごはんが出来ていて、いつも綺麗に洗濯された衣類がアイロンまでかかった状態でたたまれていて、どの部屋も綺麗に整頓されて埃ひとつ落ちていなくて、玄関や居間、床の間には季節の花が飾ってあった。

ボタン付けは頼まなくてもやってくれていて、それを当然だといままで思っていたけれど、よく考えたら——いや、考えてみるまでもなく、母親が気づいて、アイロンをかけたりたたんだりする前に縫い付けてくれていたのだ。

でもそれは、専業主婦で、家事が好きと言っていた純人の母親だったからできたことだったかもしれない。普通に考えて、一日働いたあとに家事をするのは大変だ。ひとりの人間が倍の労働を強いられているといっていい。

時代錯誤と言われがちな自分の感覚が贅沢な環境を土台にしていたことを発見して内心で動揺していたら、

「吉野さえよかったら、支倉がバッグをごそごそしながら聞いてきた。

「……これを？　いま？」

ぱちくり、とまばたきする純人の目の前に、じゃーん、といいたげに支倉が名刺ケースっぽいものを見せる。さっき紹介されたばかりの垂れ耳うさぎ・ニースが、糸のついた大きな針を抱えてにっこりしているファンシーかつラブリーなものだ。

「……まさか、裁縫セットか」

「ご名答」

デザインから推測したら当たってしまった。

男っぽい大きな手にはどう見ても似つかわしくないそれを持って、ボタン付けのために支倉が隣に移動してくる。ぱかりと蓋を開けた彼は、中身もラブリー仕様の裁縫グッズの中から針と糸、糸通し、小さな鋏を取り出した。コンパクトなのに意外と充実の品ぞろえ。

呆然と見ている間に、針に糸をセットした支倉が片手を出した。

「手、こっちにやって」

「あ、ああ……って、まさか着たまま縫う気か⁉」

ぎょっとするのに、何を当たり前のことを、といいたげな顔で支倉が頷く。

「袖のボタンくらいなら脱いでもらわなくてもできるよ。まあ吉野が脱ぎたいっていうんなら、止めないけど」

「ぬ、脱ぎたくはないが……、針、刺すなよ」

「刺さないよ」

余裕のある態度で笑った支倉は、純人の袖口にぶらさがっているボタンの糸をおもちゃみたいな鋏で切って、生地とボタン、それぞれに残った糸も綺麗に取り除く。それから、慣れた様子で純人の袖口の内側からすいと針を通した。

ボタンの穴を通って、すい、すい、と針が行ったり来たりする。数回繰り返したあと、根元

にくるくると糸を巻いてから袖口の内側に針を戻し、魔法のように玉留めを作ってから糸を切った。

ものの数分でボタンは本来あるべき場所に落ち着いた。さっきまで見苦しくぶらぶらしていたなんて信じられないくらいに完璧な仕上がり。

「すごいな……！」

「それほどでも」

くすりと笑った支倉は、使った道具を小さな箱に片付けて向かいの席に戻る。彼のバッグのポケットに入れられたパステルカラーの愛らしい裁縫セットはやっぱり似合わないが、どうして所持しているのかの理由は察することができた。

「それも支倉がデザインしたのか？」

「うん。ちなみに現在進行形」

「……進行中のプロジェクト、ということか」

「当たり。ニースちゃんを主人公にした『ニース絵日記』の二巻が年明けの二月に発売されるから、それに合わせて大々的にいろんなグッズを出す予定なんだ。で、これはそのうちのひとつの試作品」

「へえ、試作品っていいながらもう商品だな」

どう見ても立派な売り物なのに、デザイン担当者からすると色味や開閉時のスムーズさ、イラストのレイアウトなどにまだ改良の余地があるらしい。

「ほかにもどんなグッズがあったらうれしいかアイデア募集中なんだけど、何かある？」

「は？　俺に聞くのか？」

こんな『カワイイ』を固形にしたような物体に関するアイデアを？　と思いっきり戸惑うのに文倉は真顔だ。

「うちの部署だと出尽くしちゃった感があるんだよね。興味がない人のほうが思いがけないアイデアをくれるかもしれないし」

「べ、べつに興味ないとは……っ」

「じゃあ、ある？」

「……とは、言い難いな……。うん……、だっておまえ、こんなふわふわ可愛いやつ……」

「いいじゃん、『カワイイ』。もはや世界共通語だよ」

「……そうかもしれないが、男としてこれは、なあ……。いや、デザインしている文倉を馬鹿にしているとかじゃないが……っ」

慌てて言い足すと、ふふっと笑われた。

「大人になったねえ、吉野。フォローとかできるようになってるじゃん」

「……怒ってない、か？」

おそるおそる、上目遣いになってしまいながら聞くと文倉が目を瞬いた。ふ、と笑う。

「全然。とりあえず、吉野から見てもこの裁縫セットが可愛く仕上がってるようで満足」

「そ、そうか」

どことなく甘く見える眼差しになんとなくどぎまぎして、純人はグラタンを口に運びつつ、さっき支倉に求められたアイデアを出してみようと頭をひねった。

が、さっぱりだ。こんなラブリーファンシーなキャラグッズで手許に置いておきたいものなんてなにひとつ思い浮かばない。

風味豊かな葱と山椒ソースのかかった鯖の唐揚げ、ジューシーな大根ステーキ、秋野菜たっぷりのさつま揚げなどを食べながら真剣に考えているうちに、うっかりおいしい食事のほうに夢中になってしまった。

「支倉、これうまいけど食うか?」

こくのある厚揚げと茄子の揚げびたしを勧めてから、はっとする。

アイデア出しを忘れていたことを慌てて取り繕おうとしたのに、楽しそうに笑った支倉が「うん、ひとくち」と形のよい口を開けてそれどころじゃなくなった。

「じ、自分で食えよ……っ」

「食うかって聞いたの、吉野じゃん。ほら、早く」

あーん、と再び口を開ける支倉はふざけているのか、素なのか。いずれにしろ自分で食べる気はなさそうだし、誘った側としては責任を果たすべし。

「よし、食え」

茄子を箸でカットして、薄切りになっている厚揚げと一緒に友人の口に入れてやる。素直に餌づけされる雛鳥みたいで可愛い……なんてことは思わない。決して。たぶん。

「うまいだろう」

「……うん、すげえうまい。ありがと吉野」

にこー、と笑った支倉があんまりうれしそうで、心臓がおかしな風に跳ねた。「そりゃよかったな」と返しながらも目をそらし、自分ももうひとくち食べる。

支倉の口に入ったのと同じ箸だな、と一瞬思ったものの、男同士でそんなことを気にするのはおかしい。全然気にしていないというのを自分に言い聞かせるためにもばくばく食べていたら、視線を感じた。

「……もうやらないぞ」

「うん。吉野が食べてるのってぜんぶうまそうに見えるけど、いいよ」

「暗に要求された気がするが、気づかなかったことにする。自分で勝手に食え」

「あはは、じゃあもらうね。吉野もどうぞ」

「おう」

支倉がこっちに寄せてくれた皿からも遠慮なく取って、気楽な食事を楽しんだ。野菜がおいしい店という評判は本当で、野菜だけでメインを張れる味だった。

すっかり満腹になった純人は、残りを持って帰りたい気持ちになってふと思いつく。

「弁当箱はどうだ？」

「ん？　ああ、それはもう出てるね。カトラリーセットとあわせて人気商品」

唐突に話を戻したにもかかわらず、ちゃんと新商品のアイデアだと気づいた支倉にあっさり返された。むむ、と負けん気が顔を出す。

「皿やグラスは？」

「とっくに」

「調味料入れ」

「あるよ」

「テーブルとイス、ハンガー」

「家具は別部門で、ハンガーはあるねえ。ていうか吉野、目に入ったもの片っ端から言っていく気？」

残った料理を着々と胃の中に片付けつつ支倉が苦笑する。バレていたことに少しきまり悪くなったものの、開き直った。

「せっかく支倉が聞いてくれたんだから、何か役立つアイデアを出してやりたいと思うのは当然だろう」

ふ、と彼がやわらかく目を細めた。

「やさしいね、吉野」

「べ、べつに、普通だと思うが。やさしいのはおまえみたいなやつだ」

「俺？　俺こそ普通だと思うけど」

「そんなことはない。支倉は声も、表情も、言い方も、雰囲気もやさしいから、一緒にいるとなんかふわふわする」

それこそふわふわした言い方になってしまったのは、ぴったりな言い回しを思いつけなかったせいだ。お酒に弱いほうではないけれど、ひさしぶりに飲んだせいでちょっと酔ってしまったのかもしれない。

目を瞬いた支倉が少し眉根を寄せて首をかしげる。

「ふわふわ？　それって、ダメな感じ……？」

「いや、逆だ。なんとなく気分がよくて、楽しい」

「……そっか。それならよかった」

にこにここにこー、と、キラキラした笑みを支倉が見せる。おかしい、キラキラしているはずがないのに。やっぱり自分は酔っているに違いない。

やたらと顔や体が熱い感じがするのもきっと酔っているせいだろう。眠いのも、ちょっと体がおかしな感じがするのも。

普段はこんなふうになったことなんてないから違和感がなくはないものの、純人は無理やりそう結論づけた。が、ぼんやり支倉を眺めていたら彼が眉根を寄せた。

「吉野、酔うといつもそんな感じ？」

「そんなとは」

「なんか……、無防備っていうか、頬が染まってて目が潤んでいるのにそそら……いや、見慣れなくて困るっていうか」

「そんなこと言われたのは初めてだな。だが、たしかに今日はちょっと酔いが回るのが早いかもしれない。ひさしぶりだしな」

目を開けているのも億劫になってきた純人に気づいた支倉が、ハンガーから上着を取ってくれる。

「もう帰ろうか」

「……支倉は帰りたいのか」

なんとなくすねた気分でにらんだら、「うっ」と小さくうめいた彼が口許を手で覆った。

「どうした、おまえも酔ったのか？　吐きそう？」

「いや、全然。むしろ逆」

「逆？」

「いいもの見せてもらったなって」

いいもの……？　と周りを見回すものの、店内に入ってきたときと特に変化はない。掃除が行き届いていて、居心地のいい半個室。

「やっぱり酔ってるな。何を言っているのかわからん」

「うん、わかんなくていいよ。……うるうるした瞳の上目遣いの破壊力、初めて実感したわ」

後半の呟きは小さすぎて純人の耳には届かない。

とりあえず、まだ帰りたくない気分だから上着は受け取らずにそっぽを向いた。普段なら絶対しない子どもじみた真似だけれど、酔っぱらいなら許される……なんて判断をしている時点で、本当は酔っていないかもしれないのだけれど。

「せっかく旧交を温めているのに、こんなに早く帰ることはないだろう」

「早くって言っても、もう十時すぎてるよ」

「え、嘘だろう」

「嘘なんかつきません」

苦笑混じりに支倉が彼の腕時計を目の前に差し出してくれる。それも自社製品のファンシー仕様かと思いきや、遊び心はありつつシックで洒落たデザインのものだった。引き締まった手首、格好よくて大きな手によく似合っている。

「いい時計だな」

「さんきゅ。でも、いま見てほしいのは時間な」

そうだった、と妙にぼんやりしている頭で思い出してチェックすると、彼の言ったとおりに十時をすぎていた。ほんの一時間くらいしかたっていない気がするのに、四時間近くだ。
タイムスリップしたとしか思えない。が、支倉とのランチタイムもいつもあっという間にすぎる。

昔から支倉といると時間が飛ぶのだけれど、再会してからはもっとスピードがアップした気がする。これも「年をとると一年があっという間」という時間の流れの一種だろうか。ほかの人といても、ここまであからさまな影響は感じないのだけれど。

とりあえず、そろそろおひらきにしたほうがいいというのは理解した。

（ていうか、家で待っている人がいたりとか……）

金曜の夜だ。付き合っている相手が週末を一緒にすごすために支倉の家にいるという可能性はゼロではない。

想像しただけで胸の奥がもやっとしたけれど、その理由はよくわからないから純人は気づかなかったことにする。友人に彼女がいることに嫉妬するほど自分は狭量ではないはずだ。

でも、気になるのは気になる。

（……そう、俺のせいでせっかくの金曜の夜を邪魔したんなら、悪いからな！）

理由を思いついた純人は、もしものときは謝罪をするためという口実で支倉に彼女の有無を聞いてみることにした。

が、直球はよくない気がする。以前勤めていた会社のハラスメント講習で、恋人の有無を聞くのもなんらかのハラスメントだと言っていた。

ということは、遠回しに聞かなければ。

ひねるのは苦手なんだがな……と思いつつ支倉のほうを見たら、彼は着々とテーブルの上を片付けていた。空いた皿を端に寄せ、残った料理は胃袋へ。健啖家だ。引き締まったいい体をしているけれど、太らない体質か、食べたぶんを運動などで消費しているのだろう。

そこでピンとひらめいた。

「支倉、休みの日は何してる？」

「え」

「筋トレとかしてるのか？　誰かと一緒だったり？」

これは我ながらいい質問だ。自然に彼女の存在を確認できている。

悦に入っている純人に支倉が少し笑って答えた。

「筋トレは気が向いたらしてるけど、基本ひとりだよ」

……その言い方では、本当に聞きたいことがわからない。基本ってなんだ、基本って。たまには彼女も付き合っているということか。どうやら自分で思うよりいい質問じゃなかった。

次の手を考えていたら、最後の皿を綺麗に食べ終えた支倉が逆に聞いてくる。

「ていうか、俺の休日にほんとに興味ある？」

「あるから聞いている」

「ふうん……？　じゃあ、教える代わりに吉野も休みの日に何してるか教えて」

「は……？　俺の休みなんてどうでもいいだろう」

「ええ〜、人には聞いといて教えないとかアリ？」

「む……、そう言われたらたしかにそうだな」

指摘に納得して、純人は自分から答えることにする。

「朝は好きなだけ寝坊して、平日に溜まった家事をやっつけて、天気のいい日は近所をランニングして、軽く素振り（すぶ）りをする。あとは資格の勉強をしていることが多いな」

ぱちくり、と音がしそうなまばたきを支倉がした。

「それだけ？」

「悪いか」

「や、悪くはないけど……、なんか、ストイックだなあって」

「ストイックなら朝寝坊なんかしないだろう」

言い返しながらも、まんざらじゃない。少したためらうような間があってから、支倉が口を開いた。

「……誰かとすごしたりはしないの？　付き合っているひととか」

「ほっといてくれ」

「いないんだ？」

「うるさい」

はぐらかそうとしたのにあっさり看破(かんぱ)されてしまった。硬派を自認する純人としてはべつに彼女なんか欲しくはないが、馬鹿にされるのは腹立たしい。そういうつもりはないのかもしれないが、支倉がなんだかうれしそうなのだ。

目を据(す)わらせて純人は切り返した。

「そういうおまえはどうなんだ」

「俺も、いまはいないよ」

「いまはってことは、前はいたんだな」

「そりゃまあ、それなりに」

「なんで別れたんだ」

「つっこむねえ。やっぱり吉野、相当酔ってるね。昔は恋愛の話とか全然しなかったのに。水飲んどく?」

はい、と注ぎ足したグラスを目の前に置かれて、そうかもしれないと思いながら水分補給する。冷たい水が喉を落ちていくと、少し落ち着いた。

「すまない。部外者が興味本位で聞くようなことじゃなかったな」

「いや、全然。興味もってくれただけでうれしいし」

にこ、と笑った支倉がさらりとかつての別れを明かす。

「どっちが悪いっていうんじゃなくて、お互いに就職したら忙しくなって、会う時間が減っていって終わった感じかなあ。友達に戻ったたっていうか」

「……友達に戻れるものか？」

仮にも一度は特別な関係になったあと、その他大勢と同じ状態で接することができるものだろうか。交際経験ゼロの純人には想像もつかない。

「うん。俺、ケンカ別れした相手ってひとりもいないし、全員から普通に連絡くるよ。……連絡全然とれなくなったのって、吉野だけだった」

「お、俺はおまえの彼女じゃ……っ」

「わかってるよ。でも、大事な友達だったから。こうしてまた話したり、一緒にメシ食ったりできるようになれて、すごいうれしい」

支倉の眼差しがひどく甘く見えて、胸が落ち着かなくなる。

顔のいい人間は相手をあまり正面から見ないほうがいいんじゃないだろうか。ただの友達、それも同性なのにもかかわらず、ちょっと口説かれているような気分だ。

落ち着かない気分をまぎらわせたくて話を戻したら、支倉の休日のすごし方は「朝寝坊と平日に溜まった家事をやっつける」という部分は同じでも、純人とは雲泥の差のリア充っぷりだった。

「土曜日は友達との約束次第かなあ。誘われたら基本断らないから、スポーツ系だったらフットサルとかストリートバスケに参加することもあるし、トレッキングに行くこともあるよ。演劇やってる子の公演見に行ったりとか、ライブに行ったりとか、飲み会に参加したりとか。ひとりのときは仕事の参考になりそうな美術展に行ったり、商品開発のリサーチも兼ねてウインドウショッピングでぶらぶらしてることが多いかな」

「活発だな……！」

「や、そこまでは。土曜と日曜のどっちかは家でぐうたらしてるし」

　もはや支倉の「ぐうたら」を素直に信じる純人ではない。

「家にいるときは何してる」

「んー……、映画見たり、本読んだり、ゲームしたり、絵描いたり、ちょっと時間がかかる料理を作ってみたり……？　最近家でやる燻製（くんせい）に凝（こ）っててさー」

「多趣味め！」

「なんで責められてんの」

　苦笑する支倉に「べつに責めてない」と返したものの、言い方がよくなかったかもという反省はする。

「……責めてないが、支倉と自分を勝手に比べて少し卑屈（ひくつ）になったかもしれん」

「え」

「俺は趣味がないからな。おまえに比べたらつまらない人間だと自覚した」

「なに言ってんの。吉野って全然つまらなくないよ！　むしろだいぶおもしろいから！」

「は……？　俺のどこが」

「ぜんぶ」

「いい加減なことを」

　顔をしかめて流そうとしたのに、文倉は真顔で続ける。

「ほんとに、吉野みたいなひとってどこにもいないから。まっすぐで、潔くて、真面目なのにおもしろくて、ときどきすごいかわ……んん、格好よくて、ずっと見ていたくなる」

「お、おお……、そうか、ありがとう……」

　正面きって褒められて、照れくささでいたたまれなくなった。折よく店のスタッフがラストオーダーを取りにきたから、それを機に席を立つ。

　会計は割り勘にするつもりだったのに、「傘に入れてくれたお礼だから」と文倉に押し切られそうになり、だったらとこっちも「ボタン付けてくれた礼だ」と対抗した。が、「吉野の転職一カ月祝い」で結局ごり押しされる。

「……文倉、意外と折れないよな」

「仕事であちこちと折衝してるからね～。鍛えられたよね」

　歌うように返した彼は上機嫌だ。

　階段をおり、通りに出たら雨はやんでいた。でも、湿度が上がっているせいか夜の街の明かりは潤みを帯びて見える。風が冷たい。

お酒と食事でしっかり温まったつもりだったけれど、ぶるりと体が震えた。店内との気温差のせいか頭痛の気配までする。

それでも気分は悪くなくて、純人は支倉に向かってきちっと頭を下げた。

「ご馳走になった。どれもすごくうまかった」

「わ〜、そんな改まらなくっていいって。吉野のそういうとこ好きだけど」

さらりと「好き」をぶっこまれて心臓が落ち着かなくなるけれど、以前「好きなものは好きと言うようにしている」と聞いたからあえて何も言わない。

正直、支倉みたいな男が気軽に「好き」を口にするのはおおいに誤解を招きそうだから慎むべきだと思うけれど。

「そういえば、吉野んちってどのへん？　何線使ってる？」

スマホを操作しながらの問いは、電車の時間を調べてくれるつもりなのだろう。正直に答えたら彼の手が止まった。

「マジ？　うちから二駅じゃん。そんな近くに住んでたとか知らなかった」

なんとというべきか、予想どおりというべきか、純人のサニスパ初出勤日に支倉らしき男性を見かけた駅が彼の最寄り駅だった。あのとき、いつも以上にビビッときたのは見間違いじゃなくて本人だったからなのだ。

雨上がりの夜の街を駅まで歩き、電車に乗り込む。支倉が降りる駅が近づいてきたらひどく寂しくなってきて、そんな自分に純人は戸惑う。

（酔っぱらいにも困ったものだな）

甘ったれた気分を他人事のように評して顔をしかめたら、支倉に気遣われてしまった。

「大丈夫？　気分悪い？」

「いや、全然」

「でもなんか、顔色悪く見えるけど……」

「気のせいだ」

色白ゆえに顔色が悪く見えることが多いのは知っている。すっぱり言い切ったら「ならいいけど……」と気がかりそうにしながらも受け入れた支倉が、思い切ったように聞いてきた。

「吉野、明日は何か予定ある？」

「特にない」

「じゃあさ、一緒に出かけない？」

「……どこへ」

「『世界のおもちゃとデザイン展』っていう展覧会なんだけど。興味ない？」

「……正直に言うとないな。だが、行く」

「いいの？」

「仕事の参考になる展覧会なんだろう？　俺も、経理だからといって自社製品にまったく興味がないのはよくないなと思っていたところだ。支倉の勧めならいい勉強になるはずだ」

目を瞬いた支倉が、ふわ、と笑った。

「吉野のそういうとこ、やっぱりいいなあ」

「な、何がだ」

「興味がないことでも偏見をもたずに知ろうとしてくれるとこ。仕事に真摯なとこ。俺のこと全面的に信じてくれてるとこ」

「……よくそんな、俺を照れさせることを次々言えるな」

じわりと頬が熱くなるのを感じながらもそっけなく言ったら、支倉が楽しそうに瞳をきらめかせた。

「血色よくなったね」

「気のせいだ」

自分でもそうだろうと思いつつ言い張って、ぷいとそっぽを向く。機嫌を損ねたと思ったのか支倉が焦る気配がしたから、べつに怒っていないというのを示すためにも話を続けた。

「それで、何時に集合だ？」

「十一時でどう？　お昼を一緒に食べてから行こうよ」

明らかにほっとした口調の支倉に内心で少し笑ってしまいつつ、頷いた。

展覧会をやっている美術館まではバスで行くことにして、純人のアパートのすぐ近くにあるバス停で落ち合う予定を立てる。

無事に待ち合わせの時間と場所が決まったタイミングで、支倉が利用している駅に着いた。

「じゃあまた明日ね、吉野」

「おう。また明日」

手を振る支倉に少し照れながらも手を挙げて返して、純人はゆるむ頬を抑えきれなくなる。

仕事の日の昼休憩と違って、明日は休み、完全にプライベートだ。

これはもう支倉との友情が完全復活したと言ってもいいのでは。

にやにやしてしまう頬を引き締めきれない純人は、足許がふわふわしているのも、なんとなく寒いのもまったく気にならない気分で家に帰った。

3

「うう……、あだまいだい……」

布団にくるまった純人は、すべてに濁点がついているようなガラガラ声でうめく。

ガンガンと頭痛がして吐き気がするし、全身が悪寒にやられているし、汗だくで暑いのに無性に寒い。喉も痛いし、起きていても寝ていてもしんどい。

楽しみにしていた土曜日、純人は完全に体調を崩していた。

ゆうべから少し調子がおかしいなとは思っていた。普段の純人はあんなに酔っぱらったりしないし、ウザ絡みしたりもしない。

飲んでもほんのり目許が赤くなるくらいで、理性も姿勢もしゃんとしているのが自慢だったのだ。

ゆうべも『水無月』に行った最初はいつもどおりだったから、支倉の言うことを聞かずに濡れたワイシャツを適当に拭いて終わりにしたのがまずかったのだろう。恥ずかしくてもセーターを借りるべきだったかもしれない。もしくはおひらきにしようと言われたときに素直に応じるべきだったかも。

なんて後悔をしてみたところで後の祭り、現在の純人はまんまと風邪をひいている。

ものすごく具合が悪いし、体調が悪いせいで気持ちまで落ち込んであらゆる生命ゲージがほぼゼロだ。男として弱音を吐くなんて格好悪い、なんて虚勢も張れない。

喉が渇いたけれど立ち上がる元気もなく、うめきながら丸くなっていたら脳裏にゆうべの帰り際の支倉が浮かんだ。

（そうだ……、約束、キャンセルしないと……）

めちゃくちゃ楽しみにしていたけれど、とてもじゃないが無理だ。ドタキャンして申し訳ないなと思いつつ、力の入らない手で枕元に置いていたスマホを操作する。

『すまないが今日はキャンセルしてくれ』

それだけ入力するのが精いっぱいで、とりあえず送信する。と、すぐに支倉から連絡があった。メッセージじゃなくて電話だ。

「もしもし……」

相変わらず濁点がついているような声で応じると、それだけで彼は事情を察してくれた。

「吉野、風邪ひいちゃったんだ……!?　薬ある？　食べ物や飲み物は？」

「ない……」

どっちも、と言うまでもなく支倉が「わかった」と頼もしい声で答え、指示を出す。

「いまから行くから、鍵開けて待ってて」

「ん……」

来なくていい、と言い返せる気力もはやなく、純人は素直に頷いた。来てくれるというだけですごくほっとして、布団にくるまったままずるずると玄関に向かう。

学生時代から住んでいるアパートは1DK、古いぶん家賃のわりに広いのが売りなのだけれど、今日に限っては玄関までの数メートルがうらめしく感じられた。ふらつきながらなんとか鍵を開け、支倉を待つ。

ときどきうとうとしながら待っていたら、ドアが開いた。

「おじゃましま……っと」

玄関先で布団にくるまった純人が待ちかまえているとは思わなかったのだろう、大きなエコバッグを抱えた支倉が目を見開いて動きを止める。

「やっと来た……」

熱に潤んだ瞳で長身を見上げて、顔をほころばせた純人の口から安堵と喜びが入り混じった呟きが漏れると、彼が名状しがたい顔になった。

「……そういう顔で、そんなこと言うなよな……」

「……？」

何かおかしかっただろうか、とぼんやりしながらも首をかしげると、「なんでもない」と少し笑ってドアを閉める。壁際に寄って支倉が靴を脱ぐのを待っていたら、荷物を置いた彼が目の前にしゃがんで顔をのぞきこんできた。

「熱、測った?」

「……ない」

「あー……、体温計自体がないってことか。持って来てよかった。ちょっと待ってて、手ぇ洗ってうがいしてくる」

「ん。そこ」

洗面所のほうを指さすと、しっかり手洗いうがいをしてから支倉が戻ってきた。

「フローリングだと冷えるから、布団のとこまで移動しよう。行ける?」

ん、と頷いたものの、全身がだるくて力が入らなかった。ずるずると床に崩れ落ちた純人はフローリングになつく。

「……つめたくて、気持ちいい……」

「ああああ、ダメだって吉野、冷やすものも持ってきたから。ちゃんと布団に行こう」

「んー」

生返事をすると、小さく嘆息した支倉が布団にくるまったままの純人の背中にそっと手を添えた。

「俺が運んでいい?」

「……いい」

「ん、じゃあじっとしててね」

熱のせいで深く考えもせずに了承したら、布団ミノムシ状態の純人の体にしっかりと長い腕が回った。

「よいしょ……っと」

ふわりと体が浮いた感じがして、見上げた支倉の顔がものすごく近い。

こんなに近くで見ても文句なしに格好いいとかすごいな、などと、熱と頭痛でぼんやりしているからこそ「自分が男に抱いて運ばれている」という衝撃的事実に気づきもせずに純人は素直に感心する。

敷布団の上に丁寧におろされて、ころがったままでいたら荷物を取ってきた支倉に体温計を渡された。

「測って」

ごそごそと布団の中で脇の下に挟む。先の冷たさにびくっとしたら、なだめるように布団の上からぽんぽんと撫でられた。

「ちょっとだけ我慢、ね。何か食べた?」

「……ない」

「食欲は?」

「ない……。あたま、いたい……」

訴えると、痛ましげな顔をした支倉がやさしい手で頭を撫でてくれる。なぜか少し楽になって、ふっと息が漏れた。

「はせくらの手、きもちいい……」

「……ん、よかった。ゼリーとアイスなら、どっちがいけそう？」

「……ゼリー」

「ちょっと待っててね」

撫でるのをやめた支倉がエコバッグを探り、飲むゼリーの蓋をパキッと開けてから渡してくれる。ちゅう、と吸ったらずっと求めていた水分がたっぷり、ひんやりしているのも喉に心地よくて、食欲は全然ないのにけっこう飲めた。

その間に体温の計測が終わり、ろくに見もしないで渡したら、体温計を見た支倉が眉根を寄せた。

「病院行く？」

「……いかない。ねてればなおる」

「んー……、その意見には賛同しかねるけど、たしかに病院に行っても風邪の場合は抗生物質と解熱剤をもらうくらいだよねえ……。体調が悪い吉野に無理をさせるのもだし……。とりあえず市販の風邪薬飲んで、少し様子見しようか」

「ん」

ゼリーを飲み終えると、新品の風邪薬とミネラルウォーターのボトルを彼が取り出した。

「ちょっとだけ起こしていい？」

頷くと、布団にくるまっている純人をやさしく起こして自らの体にもたれさせる。

「お薬、飲める？」

「ん」

「こぼさないように気をつけて」

子どもじゃないぞ、と言いたいのはやまやまだけれど、体に力が入らないし、いつになくよれよれな自覚はある。言われたとおり慎重(しんちょう)に薬を飲んで、無事にミッションクリア。

起こしたときと同じようにやさしく純人を寝かせた支倉が、額に冷却シートを貼ってくれた。

「眠れそう？」

「……かえるなよ？」

「帰らないよ」

念押しするとやわらかく笑って、支倉が髪を撫でてくれた。さっき撫でられているときに「気持ちいい」と言ったから、寝つくまで撫でていてくれるつもりなのだろう。

もともと薬がよく効く体質の純人は、風邪薬を飲むとすぐぼんやりしてくる。やさしい手の心地よさにも促されてとろとろと眠気がやってきた。

眠りに落ちる寸前、なんとか呟いた。

「ありがと、はせくら……」

「うん。早くよくなれよ」

やわらかい、甘やかすような低い声にふんわりと胸を満たされて、安心して目を閉じた。

どのくらい眠っていたのだろう。ふっと目を開けた純人は、数回まばたきをしてから無意識に誰かを探す。

いた。純人のすぐ近くで、支倉は持参したタブレットにペンを走らせていた。文字を書いている感じじゃないから、仕事用のデザイン案でも出しているのだろう。

ぼんやり眺めていたら、視線を感じたように顔を上げた支倉と目が合った。

「目ぇ覚めたね。具合はどう?」

「……薬ってすごいな」

頭痛も悪寒もなくなっていることに気づいた純人が感心すると、噴き出した支倉に体温計を渡される。測ってみると三十六度九分、体感としては普段と変わりない。純人より支倉のほうがほっとしていて、やさしいやつだなあ、と少しくすぐったくなった。

「喉、渇いてない?」

「渇いた」

正直に答えると、ストロー付きのスポーツドリンクのボトルをもらえた。眠っている間にだいぶ汗をかいたせいか、ものすごくおいしい。

一気に半分近く飲んで人心地ついた純人は、ふと室内を満たすあたたかな湿度に気づいた。キッチンのほうからおいしそうな匂いが漂ってきているような……。

振り返ると、視線の問いをキャッチした文倉がにこっと笑う。

「キッチン、勝手に借りたね。おかゆ食べる？」

「食べる。……鍋は持ってきたのか？」

「うん。吉野、全然料理しないって言ってたからもしもに備えて一式持参したんだけど、全部使うことになるとは思わなかったよ。まさか鍋すらないとはねえ」

「……必要ないからな」

「インスタントラーメンとか食べないの？」

「ラーメンはカップ麵か、店でしか食べない」

「徹底してるねえ」

感心したように呟いてキッチンに向かった文倉が、肩ごしに振り返った。

「卵と梅干し、どっちがいい？」

「どっちも」

「了解。食欲出てきたようでよかったよ。……って、もしかして吉野んち、どんぶりとかお椀も全然なかったりする？」

「ない」

「マジかー……。さすがにそこまでは想定してなかったわ」

コンビニ飯と外食のみですませている純人の部屋にある食器類は、嘘でも冗談でもなくマグカップとスプーンと箸のみだ。

臨機応変な支倉は「ないものは仕方ない」とマグカップ内でスプーンを使って梅干しを潰し、種を取り出してから白がゆをよそって混ぜた。

鍋に残ったほうは卵を割り入れ、全体を混ぜて卵がゆに仕上げる。

「はい、どうぞ」

「……すごいな、本当に料理するんだな」

マグカップを受け取った純人がしみじみと感心すると、照れたように笑った支倉はさらりと返す。

「今日のは料理ってほどじゃないけど。おかゆなんて研いだ米を煮るだけだからね」

「研いだ……?」

刃物を研ぐイメージが米に馴染まなかった純人が怪訝な顔になると、「洗うって意味だよ」と説明された。

まぎらわしい言い回しはしないでほしいものだ……と自分の無知を恥じつつも内心で苦情を呟き、純人はスプーンでマグカップのおかゆをすくう。ほわほわと湯気を立ちのぼらせているおかゆは雪のように白く、梅肉の赤が鮮やかだ。

ふうっと息を吹きかけてから、スプーンを口に入れた。

「……うまい」

「ほんと？　よかった」

にっこりする支倉に頷いて、純人は次々におかゆのスプーンを口に運ぶ。

朝からろくに食べていなかったせいかもしれないけれど、熱々で、さっぱりした梅の風味がついたとろとろのおかゆは本当においしかった。

あっという間にマグカップが空になり、今度は卵がゆでおかわりする。そのままでいいと言ったのに、こまめなことに支倉はいったんマグカップをすすいでからおかわりをよそってくれた。

やわらかな卵色、まろやかな風味の卵がゆもまたおいしかった。最後に支倉がトッピングしてくれた塩昆布がいいアクセントになって、混ぜながら食べると無限にいける気がする。

が、あくまでも気がしただけで、おかわりを食べ終えたら満足してしまった。鍋ごといかなくてよかった……と支倉の先見の明に純人は感謝する。

「残りは冷蔵庫に入れとくね」

「ん、ありがとう」

「どういたしまして。デザートもあるけど……」

「いまはいい。それより、汗かいたから風呂に入りたい」

寝汗に加えて、熱々の食事で体温が上がったせいかパジャマが汗でじっとりしていて気持ちが悪かった。顔をしかめての訴えに支倉が困ったように眉を下げる。

「あー……、着替えたいよねえ。でも吉野、まだふらついてるからひとりでお風呂にやるのは危ない気がするし……」

「タオルならそこにある」

「うん？」

「取ってくれたら自分で拭く」

部屋の片隅、洗濯・乾燥済みの衣類やタオルをたたみもせずに放りこんでいるカゴを示したら、「え、こ、ここで？」となぜか支倉が動揺した。

「駄目か？」

「いや、吉野の部屋だし、駄目じゃないけど……うん、わかった。温タオルにしてあげるから、ちょっと待ってて。ここのタオル、ぜんぶ綺麗なんだよね？」

「ああ。汚れものはあっちのカゴのやつだ」

「了解。……えっと、あと、新しいパジャマと下着もいるよね？」

「そうだな。頼む」

「では失礼して」

おかしな断りを入れて、カゴの中から支倉が数枚のタオル、パジャマの上下と下着を見つけ出した。どれもしわくちゃだけれど清潔だ。

「寝るときにちゃんとパジャマ着てるの、吉野っぽいよね」

しわが気になるのか、わざわざたたんでいる支倉の発言に首をかしげる。

「普通だろう？　支倉は違うのか」

「俺は夏場はパンイチが多いし、冬でもTシャツとスウェットかなあ」

「パンイチ……って、パンツ一枚？　腹を壊すぞ」

「大丈夫、腹強いし」

ぽんと引き締まったおなかを叩いて見せた彼のパンイチスタイルを思わず想像してしまったら、なぜか下がったはずの熱がぶりかえした気がした。おかしい。急に解熱効果がきれたなんてことがあるだろうか。

眉根を寄せている間に支倉はタオルを濡らしてきつく絞り、レンジにかけてホットタオルを二枚作成する。ほかほかのタオル、乾いたタオル、パジャマ、下着が枕元に用意された。

「俺は洗い物してくるから、困ったことがあったら呼んで」

「ああ。ありがとう」

さっそくパジャマを脱ごうとしたのに、どうしたことか指がおぼつかなくてボタンをうまくはずせなかった。自分ではかなり回復できているつもりでも、まだ本調子じゃないせいで頭や動きがぼんやりしているようだ。

もたもたしている間にもホットタオルが冷えてゆく。手間をかけさせて申し訳ないが、ここは素直に助けてもらおうと純人はキッチンの友人を呼んだ。

「支倉、脱がせてくれ」

ガチャン、と何かを落としたような音がした。

「だ、大丈夫か……？」

「ああうん、マグカップは無事。割れてないよ」

「いや、そうじゃなくて……」

「鍋とかも無事だし、俺も大丈夫。うん、お手伝いさせていただきます」

なぜか敬語になった支倉に戸惑いつつも、手を拭きながらやってきた彼を純人は布団に正座して迎える。

「面倒かけてすまない」

「ううん、全然。面倒じゃないし」

どことなく緊張したような笑みを浮かべた支倉も正座して、純人のパジャマのボタンに手をかけた。……いまさら気づいたけれど、物心がついてから他人に服を脱がされるのなんか初めてだ。急に恥ずかしくなってきた。

けれども頼んだのは自分だ。平常心を保つためにも、脱がされてゆく様子を見なくていいように純人は目を閉じた。

少しずつ胸元が涼しくなって、ボタンをはずされているのを実感する。間もなく文倉から声がかかった。

「ぜんぶはずしたよ……って、吉野？　まさか寝てる？」

「いや、起きてる」

ぱちりと目を開けたら、心配そうにのぞきこんでいる端整な顔が思っていた以上に近くにあって思わずのけぞった。慌てた様子で文倉が距離をとる。

「ごめん、パーソナルスペース……！」

「い、いや、大丈夫だ。文倉を避けたとかじゃなくて、その、……っ」

自意識過剰なふるまいで疎遠になってしまった過去の二の舞は絶対にしたくない。必死で言い訳を探している目の端に、ホットタオルが映った。ピカッとひらめく。

「そう、背中を……っ」

「背中？」

きょとんとする文倉に背中を向けて、パジャマの上を勢いよく脱いだ。

「背中を拭くのを文倉に頼みたいと思って！　いいか？」

「い、いいけど……」

「助かる」

ちょうどホットタオルは二枚ある。支倉と一枚ずつ、前面と背面で使えば効率的に体が拭けるではないか。

とっさの思いつきにしては名案だったと自画自賛しつつ純人はさっそく体を拭く。外側は少し冷めていたものの、折り返した内側はまだほかほかでちょうどいい温度だ。

「……じゃあ、失礼して」

背中から声をかけた支倉が、そっと首と肩の間にホットタオルを置いた。

「熱くない？」

「気持ちいい……」

正直に答えると、「うっ」と背後で苦しげな声があがった。

「支倉？」

「……なんでもない。ため息混じりの吉野のかすれ声って、威力あるよねぇ……」

後半のひとりごとめいた呟きは謎だけれど、ハスキーボイスになっていることで迫力が出ているということだろうか。もしかしたら威圧的だったのかも。

そんなふうに思うのは、支倉の拭き方がやたらと慎重で丁寧だからだ。もっと床でも拭くようにゴシゴシやってくれてかまわないのに、絶対に傷をつけたくない愛車に対するかのようなソフトタッチ。なんだかくすぐったくてぞくぞくするし、照れくさくてかなわない。

「なあ、もっと雑でいいぞ」

手早く体の前面を拭きながら言ったのに、返ってきたのは苦笑混じりの返事だ。

「同じ轍は踏みたくないからね。それより吉野、どこまで拭いてやったらいい？　あとは下だけなんだけど……」

「あ、ああ、下は自分でできる。ありがとう」

「どういたしまして」

にこっと笑った支倉は、新しいホットタオルを作ってくれてからキッチンに戻っていった。

ざっと腰や脚も拭き、新しい下着とパジャマを身に着けてすっきりした気分で再び布団に横になる。そうして、支倉に言われていたように彼を呼んだ。

「着替え終わったぞー」

少ししてからドアが開き、支倉が入ってきた。額の冷却シートを新しいものに替えてくれ、純人の肩までしっかり布団で覆ってからぽんぽんと軽くたたく。

「眠れそう？」

「ああ。ずっと寝てたのに眠いとか、不思議だな」

「風邪薬のせいかもね。眠っているほうが回復に専念できるっていうし」

「そういうものか……」

言っているそばからまぶたが重くなってきた。

「支倉……」

「ん?」

「……カップ麺しかないが、勝手に食っていいからな……」

自分しかおかゆを食べていなかったことを思い出した純人が眠りの世界にのみこまれそうになりつつ言うと、小さく噴き出された。くしゃりと髪を撫でられる。

「ん、ごちそうさま」

まだ食べていないのに気が早いな、と少し笑って、そのまま眠りに落ちた。

次に目が覚めたときは夕方だった。

室内は薄暗く、静かだ。人の気配がない。

「はせくら……?」

朝よりはだいぶマシになった声で呼んでみたのに、返事がなかった。なんだかひどく寂しくなって、純人はゆっくりと体を起こす。

(帰ったのか……。そりゃそうだよな、寝てる俺の横にいても暇(ひま)なだけだろうし。ていうか、せっかくの休みの日にほぼ一日看病させて悪いことしたな……)

反省していたら、ガチャリとキッチンとの間を繋(つな)ぐドアが開いた。

「あ、吉野、起きたんだ? ごめん、目が覚めるときにそばにいてあげられなくて。電気つけるとまぶしいかなって思って、こっちで洗濯ものたたんでた」

「そ、そうか……。べつに、ひとりでも大丈夫だ」

大きなシルエットだけでも無性にほっとしたけれど、負担になるようなことを言ってはならぬと純人なりに言葉を選ぶ。支倉が苦笑した。

「まあ、俺がいても何もしてあげられないしね」

「いや、ちがう、そういう意味じゃ……っう、げほっ、ごほっ」

言い訳しようとしたのに咳に阻まれてしまった。すぐにやってきた支倉が枕元に用意されていたミネラルウォーターを渡してくれる。

「大丈夫？　飲んだら熱、測ろうか」

「ん」

「食欲ある？」

「ある。おかゆ、残ってたよな」

「あれでいいの？　食べられそうならもうちょっとちゃんとしたの作るけど」

『ちゃんとしたの』がどんなものか気になったけれど、現在の空腹が優先だった。すぐ食べられるもののほうがいい。

そう言ったら、「おかゆって消化がいいもんねえ」と納得した支倉が温め直しに立ち、ほどなくマグカップに入った卵がゆが運ばれてきた。なんと、味変用にと塩昆布だけじゃなくパックの鰹節とミニボトルの醤油まで添えられている。どうやら今日の支倉のバッグはなんでも出てくる四次元ポケットならぬ四次元バッグだったらしい。

もりもり食べて鍋を空にしたあとに、「デザートはアイスでいい？」と聞かれて苦笑した。

「なくていい。俺は甘いものはそんなに食わない」

「そう言うかなーって思ったけど、熱があったり、喉が痛かったりするときはアイスクリームがいいんだって。栄養とカロリーがとれるし、体の内側から熱を下げることもできるでしょ」

「……なるほど」

そう言われたら納得できた。甘いものが好きな男は格好悪い気がしてあまり食べないようにしていただけで、じつは嫌いじゃないだけに免罪符をもらった気分だ。

バニラアイスをおいしく食べていたら、にこにこ見守っていた支倉が風邪薬の説明書きを確認して呟いた。

「そろそろ次の薬を飲んだほうがいい時間だけど、悩むところだねえ。熱は下がってたし、もう気分も悪くないんだよね？」

「ああ、すっかりよくなった」

「でも吉野、薬がききやすいって言ってたしなあ……。薬で症状が抑えられてるだけってこともあるよね」

「可能性はゼロじゃないな。……よし、飲んどくか」

「は⁉」

さっさと錠剤(じょうざい)を口に放りこんでペットボトルの水で飲みこむと、支倉に困ったような、叱(しか)るような眼差しを向けられた。

　でも、こっちも何も考えずに追加投入したわけじゃないのだ。

「俺がまた熱を出すかもしれないと思うと、支倉は帰りづらいだろう？　薬を飲んでおけば症状が抑えられるんだから、心配無用だ」

「もー……、吉野ってば、そんな気遣いいらないのに……」

　なんともいえない表情になった支倉によしよしと頭を撫でられた。本来なら子ども扱いにぽかんとするところだけれど、看病中に何度も撫でてもらっていた純人は照れくささを覚えつつも自然に受け入れる。

　無自覚に頬がゆるむと、わしゃわしゃとさらに撫でられた。撫でる手が気持ちいいせいか、はたまたさっそく薬が効き始めたのか、あんなに寝たのにまた眠くなってくる。

　あくびを噛み殺すと髪から手が離れた。

「寝る？」

「ん……、支倉を見送ってから……」

「いいよ、見送りなんか。勝手に帰るし、鍵かけたらドアのポストに入れとくから」

　布団をぽんぽんとたたいて横になるのを促す彼に、かぶりを振る。

「目が覚めたときにおまえがいないのを知るのは、なんかいやだ……。ちゃんと見送りたい」

「……そっか」

ふわ、と瞳をやわらげた支倉が立ち上がった。

「じゃあ、吉野に寝てもらうためにもおいとましようかな。スマホは枕元に置いてあるから、何かあったらすぐに連絡してね？」

「ああ。今日はありがとう」

見送るために純人も立ち上がろうとすると、眠気のせいかよろめいてしまった。とっさに抱き留めてくれた支倉が心配顔になる。

「やっぱりまだ調子悪い？」

「いや。ちょっと筋肉の使い方を失敗しただけだ。心配するな」

きっぱり否定して、しっかり足を踏ん張って姿勢よく立って見せる。平静を装っていても、内心ではめちゃくちゃ動揺していた。

（なんか支倉、すごいいい匂いしたんだが……⁉）

彼の胸にダイブしたとき、服の上からでも感じられる引き締まった体躯の硬さと厚み、頼もしさ、昨日のトワレとは違うオフタイムならではの素の清潔感のあるやさしい香りにドキドキしてしまった。

ただの友人を相手に恋する乙女のような反応、我ながらおかしい。が、普通に生活していて他人とあんなに密着することなんてそうそうないからだろうし、風邪のせいで突然の動悸や息切れが起きても不思議はない。

うんうん、と納得している純人を支倉が肩から布団でくるんだ。寒気はもうないから、おおげさに感じてちょっと笑う。

「過保護だな」

「雨に濡れたのをナメてかかって、風邪ひいたのは誰だった?」

「……俺だな。すまん」

「素直に反省できるのが吉野のいいとこだよね」

よしよし、とまた頭を撫でられた。

「冷蔵庫にゼリーとかおかゆ、冷凍庫にアイスが入ってるから。食べやすいものも作り置きしてあげたかったけど、今日は吉野んちのキッチン事情がわかんなくておかゆを作る準備しかしてこなかったから、また明日ね」

「……明日も来てくれるのか?」

「当然でしょ。俺のせいなのに放っておけないって」

やさしい声で言われたのに、「俺のせい」という部分に少ししゅんとした。

(そっか……、支倉は責任を感じてここまでしてくれたんだな)

責任以外のどんな感情だったらよかったのかと言われても困るけれど、義務感で休日をまるまる潰してもらうのは申し訳なさすぎた。

せめてこれ以上迷惑をかけるのはやめようと、純人は靴を履いている支倉を見上げて告げる。

「来なくていい」

「え」

「俺が風邪をひいたのは自分のせいで、支倉のせいじゃない。むしろ、支倉のおかげですっかりよくなった。だから安心して、明日は自分のために休みを使ってくれ」

「び……っくりした——……」

大きく息をついた支倉が風船から空気が抜けるようにかがみこんだ。

「ど、どうした？　まさか支倉に俺の風邪が……っ？」

「ああ、違う違う。ちょっとね、ほっとして」

「ほっと……？」

「来るなって言われたから、俺がまた何かやらかしたかと思って」

「な、なに言ってるんだ。支倉には助かることしかしてもらってない……！」

「ん、ならいいけど」

本当に安堵したように笑って立ち上がった支倉に、純人は気づく。

意固地だった過去の自分のせいで、せっかく友人に戻れたにもかかわらず純人はいまなお支倉に不要な不安を感じさせてしまっているのだ。若かりし日の自分をグーでタコ殴りにして叱りつけてやりたい気持ちでいっぱいになる。

「支倉……っ」

「う、うん？」

「俺は、おまえにされて嫌なことなんかなにひとつないからな！　こ、高校のときだって、嫌だったとかじゃなくて、自分にびっくりして、恥ずかしかったっていうか……っ、その、へ、ヘンな声を出した自分を受け入れられなかっただけだ！　いいか、支倉のせいじゃない！　だからもう俺の扱いについてはいろいろぜんぶ気にしないでくれ！」

あのころの自分について言及するのはものすごく気力が必要だったものの、誠実でありたい一心で懸命に言葉にした。

勢いに気圧（けお）された様子で支倉が数回まばたきをして、ふわりと笑って頷く。

「さんきゅ、吉野。……なんか、吉野のキャラわかってなかったら期待しちゃいそうな内容でドキドキしちゃった」

「期待……？」

謎めいた単語に首をかしげると、「わかんなくていいよ」と笑って流される。バッグを肩にかけた彼が帰るのを感じて、とっさに服の裾（すそ）を摑んでしまった。

「……そんな言い方をされたら、気になるだろう」

振り返った支倉の顔がいつもより近い。玄関の段差のせいだ。

驚いていても本当に整った顔をしているな……と薬による眠気でぼんやりしながら見上げていたら、じっと見つめ返された。

「どうした?」

「……や、ちょっと本音を言いたい気持ちと葛藤(かっとう)してただけ」

「言えばいいじゃないか」

「また今度ね」

にこっと笑った支倉が純人の手を握って、さよならの握手をするついでのように彼の服から離させる。言いようのない寂しさを覚えたけれど、これ以上の我が儘(わがまま)は言えない。

「俺が帰ったらちゃんと鍵閉めて、あったかくして寝るんだよ?」

「ああ。今日は本当にありがとう」

「どういたしまして」

にこっと笑う彼を無意識にじっと見つめていたら、純人の顔に何を見たのか、少しためらうような間があってからおかしなことを言われた。

「……風邪、スタンダードな方法で治してあげようか」

「ん? ああ……、そうだな、頼む」

よくわからないながらも彼がもう少しいてくれるのなら、と眠い頭で頷くと、目を合わせて確認された。

「口移しで風邪をもらうってことなんだけど、本当にいいの?」

(口移し……って、キスするってことか)

ようやく理解したものの、眠気で理性がゆるゆるになっている純人にはすごくいいアイデアにしか思えなかった。だって、すぐ近くに見えている支倉の唇は完璧な形をしていて、ひどく魅惑的に見える。

「そんなので風邪が治るんなら、ぜひやってくれ」

「……じゃあ、遠慮なく」

くすりと笑って顔を仰向けた。

呟いた支倉がまつげを伏せて、顔と顔の距離がなくなった。

ふわりと唇にやわらかいものが触れて、ぬくもりとやわらかさにぞくりとしたときには離れていた。ほんの一瞬の接触。小鳥の羽が触れたくらいの軽さの。

「風邪、もらっといた。明日には完全回復してるからね」

体を起こした支倉がにっこりして囁く。

一瞬すぎて実感はあまりなかったけれど、支倉がうれしそうだからまあいいかと眠気のせいで現実味を感じられないまま純人も少し笑った。

「頼んだぞ」

ぱち、と目を開けたら、生まれ変わったようなすっきりした気分だった。

カーテンの隙間から入ってくるのは朝の光。時刻はいつも起きている七時すぎだ。

「全っ快……！」

大きく伸びをするついでに勝利のこぶしを突き上げる。

どこも痛くないし、頭もぼんやりしないし、体が軽くて気力に満ちている。至急の解決を求めているのは空腹だけだ。

ぐうぐう鳴っている腹をさすりながら冷蔵庫の確認に立った純人は、はたと思い出す。帰り際、支倉に——。

「うわぁああ⁉」

間近に迫った端整な顔、唇に触れたやわらかな感触の記憶が甦(よみがえ)って奇声を発してしゃがみこんでしまった。どっどっど、と心臓が暴れている。顔が熱い。というか全身が熱い。

一瞬風邪がぶり返したのかと思ったけれど、どう考えても支倉のキス——否(いな)、風邪をもらうスタンダードな方法のせいだった。

（そ、そうだよな、あれはキスじゃない。支倉だってそう言ってたし、俺もあんなのが初めてのキスだなんて認めないからな！　いや、たしかにあいつの唇がうまそうに見えたし、全然嫌じゃなかったが……って、そういうことではなく！　だってあいつも俺も男だぞ⁉　な、なんであんな……っ）

しゃがみこんだままパニックになりかけていた純人は、はっとする。

ほとんどテレビを見ない純人だけれど、実家でたまたまついていたバラエティ番組でお笑い芸人の真似をして男性アイドルが一瞬キスするシーンを見たことがある。その場にいた純人の家族は（母親を除いて）全員ぎょっとしたのだけれど、さらにアイドルたちはお笑い芸人ともキスするネタを披露していた。……どうやら、キスというものに対する世間と自分のハードルの高さには大きなギャップがある。

文倉はもちろん世間の感覚に馴染んでいるだろうから、こんなに動揺しているのはきっと自分だけだ。

そう思ったら、少し冷静になれた。

（……まあ、くっつけたのが口というだけで、それが手なら握手だもんな。ただの皮膚表面の接触、それだけのことだ。あんな冗談を真に受けてＯＫしたのはどうかしていたとしか思えないが、あのときは風邪薬で頭がぼんやりしていたからな。うん、セーフだ）

何がセーフなのかはさておき、じつをいうまでもなくゆうべの口による握手的な接触は純人にとって初めての経験だった。いわゆるファーストキス。

「いや、違うぞ……、文倉にとってただの接触なら、俺にとってもそうだからな⁉」

わざわざ訂正してしまったけれど、べつに初めては好きなひととしたい（ハートマーク）などというロマンティックな理由で否定したいわけじゃない。この唇は自分が硬派であるがゆえに女性と縁がなく、なし崩し的に守られてきただけのものだ。そんなもののひとつやふたつ、いや初キスは一回しかないのだが、想定外の展開で経験したからといってなんということはない。

ただ、支倉にとってキスじゃないという認識なら、こちらにとってもそう認識したほうが齟齬(そご)がないというだけだ。

うむ、と納得できた純人はようやく立ち上がる。ぐうう、と再びおなかが盛大に鳴って、急(せ)かされるように冷蔵庫を開けた。

「は、支倉……！」

感激のこもった声で友人の名を呼んでしまったのは、いつもはビールくらいしか入っていない小型の冷蔵庫の中身がいつになく充実していたからだ。

予告どおりにおかゆが用意されていて——朝ごはん用に炊き直(たきなお)してくれていた——、梅干しや塩昆布、卵、鰹節パックとミニボトルの醤油も残してくれている。

デザートにはプリン、ヨーグルト、フルーツゼリー、さらに冷凍庫にはアイスクリーム。

感謝しつつひとまずヨーグルトを食べ、おかゆをレンジにかけた。鍋ごとは入らなかったので中身を半分ほどマグカップに移し、「あたため」のボタンを押す。

レンジが働いてくれている間に一日ぶりのシャワーを浴びた。髪と顔もついでに洗う。鏡を見ると髭(ひげ)はまったく伸びておらず、髭剃(そ)りはまた今度。

顔立ちのみならず体質も母親に似たらしい純人は、体毛が薄くてアラサーだというのに髭剃りは週一ですんでしまう。父親も兄も朝剃っても夜には伸びているのにと思うと我が体毛ながら不甲斐ないが、純人と同じく週一、二回ですむタイプの弟が「毎日剃らなくていいほうが楽でいいじゃん」と前向きにとらえているのを聞いて、見習うことにした。ないものねだりをするより、よい面を見るほうが建設的だ。

朝食のおかゆと栄養補助という名目でプリンを食べたあと、マグカップとスプーンを洗い終えたらものすごく暇になってしまった。昨日あれだけ強力に純人に取りついていた眠気もまったくない。なまった体を動かすために走り込みか素振りでもしたい気分だ。

「……こんなに元気なのに、今日もお見舞いに来てもらうのはよくないよな」

ただでさえ昨日の予定を台なしにしてしまったのだ。連絡を入れたら、支倉は今日の予定を変更して見たがっていた展覧会に行くかもしれない。

(俺も行きたかったが……)

一応病み上がり、今回は見合わせたほうがいいだろう。

昨日のお礼、それから今日は来なくていいというメッセージを送ろうとアプリを開いて、閉じた。支倉の顔を思い出したら、なんとなく声が聞きたくなったから。

(八時二十分すぎ……日曜だし、寝てる可能性があるな。やはりメッセージのほうがいいだろうか……いや、お礼は本来なら顔を見て言うべきことだし、電話にすべきだろう、うむ)

誰にともなく心の中で言い訳して、九時まで待ってから電話をかけることにした。九時でも早いかもしれないが、あまり遅くなって彼が家を出てしまっては本末転倒だ。

待っている間にいつも週末にしている家事をやっつけることにした。といっても、昨日のうちに支倉が洗濯も乾燥済みの衣類をたたむのもやってくれており、キッチン周りも綺麗にしてくれてから帰っている。もともと物が少ない純人の部屋は散らかることもないのだけれど、もしゴミ屋敷だったら掃除までしてくれたんじゃないだろうか。

「あいつ、女性だったら理想的な嫁なんじゃないか……？」

呟きながらシーツを替え、一時間ほど前まで着ていたパジャマなどと一緒に洗濯機に放りこんだ。全自動洗濯機のおかげで乾燥までボタンひとつだ。

クリーニングに出すものを用意して、室内にざっと掃除機をかける。支倉の鍋が入る袋を探していたら九時五分前になった。

スマホを片手に言うべきことをシミュレーションしてから、九時きっかりに電話をかけた。

呼び出し音が続いて、もしやまだ寝ていたか……？　とかけ直すか迷い始めたところでつながる。

「はい……、吉野？」

いつもは耳になめらかに入ってくる低くてやわらかな声が、ものすごくハスキーになっていた。明らかに昨日の自分状態、帰り際の口移しが脳裏をよぎる。

「おま……、本当に風邪を引き受けるとか馬鹿だろう⁉　あんな悪ふざけをするからだぞ！」

とっさに叱りつけると、「自業自得ってやつだよねえ」と笑った支倉が咳きこむ。

「だ、大丈夫か？」

おろおろしたら、スマホの向こうで支倉は飲み物を飲んだようで、少し落ち着いた声で返事がきた。

「……ん、だいじょうぶ。吉野は元気になったみたいで、よかったよ」

「支倉のおかげだ。今度は俺が見舞いに行く」

「え、いいよ」

「よくない。受けた恩義は返す」

「律儀(りちぎ)だねえ。でも、ほんとにいいよ」

「なんでだよ」

ちょっとむっとして聞くと、ガラガラ声でも彼らしい穏やかさで返される。

「喉にきているだけで、いまのところ熱もないから。こう見えて体力あるほうだし、薬も飲んだし、これくらいなら一日寝てたら治るよ」

「だが……」

「吉野は病み上がりなんだから、家でゆっくり休んでて」

むう、と唇がへの字になった。

支倉の言うことは論理的だし、正しいと思う。が、こっちはあれだけ世話になったのだ。このまま甘えっぱなしなど到底受け入れられない。

「……今日、俺はクリーニングを出しに行く」

「え、う、うん。いってらっしゃい……？」

戸惑いながらも返してくれる支倉はつくづくやさしい。だからこそ。

「ついでにコンビニに寄って、アイスなどを買う」

「うん……？」

「で、支倉んちまで届ける。これは俺の所用のついでであって、お見舞いじゃない。だから支倉に止められても聞かない。いいな？」

宣言したら、数秒の間があってから噴き出された。直後に咳きこんでいるから、笑うと喉が痛いのだろう。

「笑うんじゃない、何か飲め！」

「……うん、飲んだ。はー……、そうくるんだ？　吉野ってほんと……」

笑みを含んだ声の最後が消えて、また遠くで咳きこんでいる。平気そうなふりをしていても本当はけっこうひどいんじゃないかと心配になった。

「いまから行くからな。何か欲しいものはあるか？」

「んん……、吉野が来てくれるなら、もうないよ」

やわらかな低音はハスキーなせいか、いつもよりやけに耳に残る。なんだか落ち着かなくて顔をしかめた。

「わけのわからんことを言うな。適当に買って行くから、あたたかくして寝てろよ」

「うん、ありがとう。吉野こそ、あったかくして、マスクしてきてね」

通話を終えて、大きく息をついた。なんだか耳がくすぐったい気がしてスマホを当てていたほうの耳を引っぱってから、いそいそと外出の支度を整える。

べつに支倉と会うのが楽しみというわけではなく、昨日受けた恩を返せるチャンスを逃さずにすんだからだ……と、またもや誰にともなく言い訳しつつ指示されたとおりに厚めに着こみ、マスクをしてアパートを出た。風は冷たいものの、天気がいいおかげで歩いているだけで気分がいい。

足取りも軽く行きつけのクリーニング店に寄って、金曜に雨に濡れたスーツと一週間ぶんのワイシャツを頼み、先週頼んでいたものを受け取って店を出る。そのあとは電車で二駅の移動だ。普段は通過している駅で降りて、地図アプリで支倉の住んでいるところを確認。見舞いの品は彼のマンション近くのコンビニで調達することにした。

普段は使わないカゴを取り、支倉に倣（なら）ってゼリー、ヨーグルト、プリン、アイスと、喉ごしのいい品を次々にカゴに入れてゆく。あとは――。

（喉が痛い病人なら、おかゆは必須だよな）

レトルトパウチの袋をカゴに放り込もうとして、手を止めた。

純人は料理ができないし、したことがないし、これまで作ろうと思ったことすらない。が、支倉は純人のためにおかゆを炊いてくれた。ありがたかったし、うまかった。無添加で保存料不使用。

少し考えて、おかゆは作ってやることにした。作り方なら昨日支倉から聞いている。煮るだけなら失敗もないだろう。

料理をしたことがないばかりにナメてかかっている自分に気づくことなく、純人は会計を済ませて意気揚々とコンビニを出た。

支倉が住んでいる単身者用マンションのインターフォンを押すと、「いらっしゃい」とガラガラ声ながらも歓迎されて、待つまでもなくドアが開いた。

「来てくれてありがとう、吉野」

「おう。……なんでおまえまでマスクしてるんだ？」

「一応ね」

にっこりしているのだろうが、口許が覆われていると支倉の笑顔の威力が半減する。ちょっともったいないなと思いつつ上がらせてもらい、まずは手洗いとうがいをした。

振り返ると、支倉はドアのところにもたれてにこにこ見守っていた。機嫌がよさそうだし、たしかに具合は悪くなさそうだけれど、念のために全体を観察する。

パジャマじゃなくてTシャツとスウェットで寝ると言っていたが、そのとおりの格好だ。上から厚手のニットカーディガンを羽織っている。会社では見られない完全部屋着のリラックスしたスタイルもよく似合っているが、やはりマスクが邪魔だ。いや、べつに顔をしっかり見たいというわけじゃないが。

「……部屋着をそんなに見られたら照れるんだけど？」

「おまえだって俺のパジャマを見ただろう」

「うん。かわ……似合ってた」

「パジャマがか？　そんなこと初めて言われたな」

「……俺以外に見せた人いるの？」

「いないが」

「そっか、よかった。外、寒かったよね。ココアでも作ろうか」

「いや、俺は見舞いに来たんだぞ。なんでもてなそうとしているんだ。……というか」

「うん？」

長身を見上げ、少しためらってから思いきって口を開いた。

「……おまえの風邪、俺のせいだから返してもらう。マスク取れ」

ちなみにこっちはうがいのときにマスクをはずしている。

目を瞬いた支倉が、ふわりと笑った。

「すごい誘惑だけど、吉野に返したら意味ないからなあ……。喉にきてるだけで、ほんとにそこまでしんどくないから気にしなくていいよ。ていうか、ほっとした」

口許は隠れているから見えているのは目だけなのに、眼差しにドキリとする。

「帰り際のこと、吉野が怒ってたらどうしようってすごい心配だったんだよね。一応確認はしたけど、薬のせいかぽやぽやしてたし」

「ぽ、ぽやぽやなんかしてない……！　ちょっと眠かっただけだし、あれはその……、怒るようなことじゃないだろう。ただの悪ふざけだろ？」

「……悪ふざけ、ね。うん、そうかもね」

さっきまでご機嫌だったのに、急に支倉の元気がなくなったような気がする。

戸惑った純人は、はっと気づいた。外から入ってきたらあたたかく感じたけれど、ここが布団の中より冷えているのは自明の理、体が冷えたに違いない。

「おまえ、風邪っぴきなんだから寝てなきゃ駄目だろう！　布団はどこだ」

「ベッドルームはリビングの隣だけど……」

「行くぞ！」

腕を引くと、素直についてきた支倉が廊下の突き当たりのドアを開けた。その先はコンパクトなＬＤＫになっていて、左手にカウンターキッチン、右手に寝室に続くと思われるドアがある。

お洒落な支倉のことだからインテリアもお洒落だろうという予想は、半分当たりで、半分はずれていた。

ほどよく雑然とした室内は随所にセンスのよさが感じられるけれど、あちこちに可愛らしいキャラクターグッズがある。何も知らなかったら同棲中の彼女でもいるのかと思うところだけれど、例によって仕事でデザインしたものに違いない。

それよりなにより、純人の目を引いたのは。

「こたつ……！」

部屋の中央に鎮座しているのは、テーブル部分が円形で、シックな柄の生地をかけられていてもまごうかたなきこたつだった。一人暮らしを始めて以来、すっかり縁遠くなっていた魅惑の暖房器具。

憧れの目で見つめてしまったら、笑みを含んだ声で勧められた。

「どうぞ？」

ふらふらと吸いこまれそうになって、慌ててかぶりを振る。

「俺はあとでいい。おまえこそ早く入ってあたたまれ」

「うん……？　順番ってそんなに大事？」

不思議そうにしながらも支倉がこたつに入る。その目の前にコンビニの袋を置いた。

「これは見舞いの品だ。まずはひとつ、好きなものを選んでくれ」

「お、ありがと。ちょうどアイス食べたかったんだよね」

カップのアイスとスプーンを取った支倉が「あ」と困り顔になる。

「どうした」

「マスクしてたんだった……」

「はずせばいいだろ。そもそもの原因になった俺はもう抗体をもっているはずだし、万が一うつったらまた看病してくれ。俺もしてやるから」

「えー、そんな言われたら断れないじゃん……！」

初めて支倉を言い負かせた気がする。内心でにんまりした純人を、マスクを取った彼が見上げてきた。うん、やっぱりこっちがいい。

「吉野はどれにする？」

「俺はいい。おかゆを作ってくる」

「へ」

珍しく支倉が間の抜けた声をあげた。

「吉野が？　俺に？　おかゆを？」

「ああ。なんだ、なにをそんなに疑っているんだ」

「いや、だってあの吉野だよ？　『男子厨房に入らず』を徹底的に実践してきてたのに、急にどうしたの？」

「支倉が作ってくれたのに、俺だけ買ってすませるのは失礼だろう」

「そんなことないけど……。ていうか、できるの？」

「できる。……はずだ。わからなかったらネットで調べる」

「まあ、それは大事だよね」

「ということで、大船に乗った気分でゆっくりしていろ」

胸を張って請け合うと、心配そうに眉根を寄せながらも「吉野の初めての手料理……」と呟いた支倉が、「よろしくお願いします」と頭を下げた。殊勝な態度にがぜんやる気が出てくる。

「鍋は昨日支倉が使っていたのを持ってきた。米もおまえんちのを使っていいか？」

「いいけど……、鍋で炊く気？　炊飯器のほうがラクだよ」

「それだと洗濯機みたいにボタンひとつですむんだろう？　支倉が俺に使ってくれた労力に見合わない」

「うーん……、わかった。吉野の義理堅さにあれこれ言うほうが野暮だよね」

なにやら納得した支倉がこたつから出てこようとするのを、ぴっと手を前に出して止めた。

「支倉はそこから動くな。指示を出してくれれば俺がやる」

「ええ、でも……」

「アイスがとけるだろう」

「……まあ、うん」

上げかけた腰を下ろして、あきらめたようにカップアイスを開けた。

食べ始めたのを見届けて、残りのアイスは冷凍庫に、その他はコンビニの袋ごと冷蔵庫に放り込み、セーターの上に着てきた薄手のダウンジャケットを脱いでからはりきって袖をまくる。

「それで、米は？」

「カウンターの下が収納になってて、右側を開けたら保管容器が入ってるよ」

「この黒い箱か？」

「そう。中に計量カップが入ってるから、必要なだけすくって量って」

「わかった」

容器を出そうとした純人は、その隣にあるものに気づいて目を見開いた。

「支倉！　土鍋があるぞ」

「え？　うん、あるけど……」

「使っていいか？　やはりおかゆといえば土鍋だろう」

実家では、風邪をひいたときや七草などで出されるおかゆは土鍋で炊かれていた。どうせ同じ鍋ならこっちのほうがおいしそうに見える気がする。

「そういえば、土鍋のほうが蓋が重いから内部の圧力が上がっておいしくなるって聞いたことあるけど……。俺も土鍋では炊いたことないからなあ」

「炊き方が違うのか？」

「や、同じだけど」

「だったらうまいほうがいい」

そう言ったら、「それもそうだね」と納得してもらえた。

「最近使ってなかったから一回すすいでね」という指示に従って土鍋をスタンバイしてから、保管容器の蓋を開けた。中に入っていた計量カップを手に取る。

（米を洗って煮るだけって言ってたが……）

どのくらいの量がいるかは言っていなかった。が、この問題はそう難しくない。自分が食べたのと同じくらいを目安にすればいいのだ。

（で、洗うんなら……）

ザル。これで正解のはず。

「支倉、ザルは？」

「シンクの上の棚を開けてみて」

言われたとおりにすると、整頓された状態で入っていた。几帳面だな、と感心しつつひとつ取り出し、ざざっと計量カップですくった米を投入する。と、のんびりした声が少々手遅れなアドバイスをくれた。

「吉野〜、計量するとき、山盛りになってないほうがいいよ。正確に量れないから」

「……なるほど。そこから見えるのか？」

「や、手許は見えないけど、もしかしてって思って言ってみた。当たった？」

「ノーコメントだ。……少し米が多くなったら失敗するだろうか？」

「大丈夫、おかゆってテキトーに作ってもできるから」

「そうか」

念のための確認への返事にほっとしたら、文倉がやたらと楽しそうにこっちを見ていてきまりが悪くなった。顔をしかめて二回めの米の計量にかかる。

今度は失敗しないように、カップにぎゅうぎゅうに押しこんできっちり量る。が、それにも待ったがかかった。

「押さえつけるのもやめとこうか」

「……見えてるんだろう？」

「手許は見えてないけど、動きでわかるよ。あのさ、押しこむ力って人によって違うし、力が強すぎると米が割れちゃうでしょ？　最初は山盛りにして、カップの縁を軽く平らに撫でる感じで余ったぶんを戻せばいいよ」

「ふむ……、こうか？」

「そうそう。上手」

見えるようにエア実演したら褒められた。照れくさいが、ちょっとうれしい。絶対俺の手でうまいおかゆを食わせてやるからな、という気持ちになる。

三回ぶん米をザルに移し、四回めに入ろうとしたところで止められた。

「もう十分だと思うよ」

「だが、俺が食べたのはこの倍以上あったぞ？」

「え？　そんなはずは……ああ、わかった。吉野、おかゆになった状態でイメージしてるんだ？　炊いたら水を吸って量が増えるから心配しないで」

「む……、そうか」

調理者本人が言うなら間違いないだろう。保管容器にきちんと蓋をして片付けた純人は、今度は米を洗うミッションに取りかかる。

「ストップ！」

水を出す前に止められた。まだ何もしていないのに、と純人は首をかしげる。

「どうした？」

「どうしたもなにも、いま、吉野くんは洗剤を手に取りませんでしたか……？」

「ああ。洗うんだろう？」

なんで急に敬語なんだ、と思いつつ純人は手にしているボトルを掲げて見せる。そうして気づいた。

「そうか、これは食器洗い用って書いてあるな。米洗い用はどこだ？」

「ああああ、せっかく気づいてくれたけどそっちに行っちゃうかあ……！」

頭を抱えそうな支倉に眉根が寄る。どこにも行っていないし、何か失敗した覚えもない。戸惑っていたら彼が「正解」を明かした。

「お米を洗うとき、洗剤は使いません」

「そうなのか？」

「ついでに言うと、お米以外の食べ物を洗うときも同様です。灰汁抜きなどをするときも食用の重曹などを使用します。口に入れて安全なものしか使いません」

「……なるほど。それで、なんで敬語なんだ」

「なんとなく？」

肩をすくめた支倉がスプーンを置いた。アイスを食べ終わったようだ。

「ねえ吉野、やっぱり俺そっちに行くよ。一緒に作ろう？」

「……そんなに俺が信用ならないか？　まあ、そうだよな……。失敗ばかりだしな」

しゅんとすると、立ち上がりかけた支倉が再びこたつに戻った。テーブルに顔を伏せてうめき声をあげる。

「は、支倉……？」

「いいよ、わかったよ。俺は吉野の初めてのお料理を最後まで見守る……！」

『はじめてのおつかい』みたいな言い方はちょっと引っかかったものの、最後までひとりで作らせてもらえそうでほっとした。

「いまから洗うが、水だけでいいんだな？」

「うん。流水で洗ったあと、本当はいったんザルで水気をきってしばらく置いたりするんだけど、そこまで本格的にしなくていいから鍋に米を入れて、米の五倍くらいの水を入れて煮たらいいよ」

「そこまで教えてもらえたら楽勝だな」

さっそく水を出して、その下にザルを置く。白い液体が出てきてぎょっとしたけれど、何食わぬ顔をキープした。

「洗うっていうのは、どんな感じで？」

「全体をかき混ぜる。こんな感じの手で」

支倉が見本の手の形を示してくれたから、片手だけあんなふうにしていると招き猫みたいだなと思いつつ純人も真似して掲げてみる。

「こうか？」

「そう。……可愛い」

「は」

「あっ、吉野がじゃなくて、手がね？」

焦った口調で言い足されたけれど、そんなこと言われなくてもわかっている。招き猫っぽいポーズをとった自分を可愛いなんて思ったのだとしたら、支倉の視力と脳みそを心配するところだ。

「力は入れないで、かき混ぜて一周したら手の付け根で軽く押す感じで研ぐんだけど……やって見せようか？」

「いや、いい。いまのでだいたいわかった」

「ほんとに？」

疑わしげな支倉はスルーする。実際にあまりわかったとはいえないが、わざわざこたつから出てきてもらうのも悪い。

（最終的に、綺麗に洗えていたらいいんだろう）

心の中の声が聞こえたわけでもあるまいに、「出てくる水が完全に透明になるまで洗っちゃ駄目だよ？　うまみとか香りまでなくなるから」とアドバイスがきた。

あぶなかった。完璧に透明になるまで全力で洗う気だった。

真剣に米を洗っていた純人がふと目を上げると、支倉が眠そうにあくびを噛み殺していた。布団で寝ろよ、と声をかけようとして、のみこむ。彼のことだから、風邪薬の影響で眠いのを我慢して純人のおかゆ作りに付き合ってくれていたに違いない。自分の存在を思い出させたらまた無理をさせてしまう。

（眠れ～、眠れ～）

子守歌というよりは呪文のように内心で唱（とな）えつつ、静かに水を止めて気配を消すように心がける。

もう一度あくびをした文倉が、こたつのテーブルにゆっくりとつっぷした。よし、あとひといき。「眠れ」とさらに念じていたら、間もなく静かな寝息が聞こえてきた。

ふう、とひと仕事やり終えた気分で息をつき、もうしばらく様子をうかがう。百数えても起きないから、完全に寝入ったようだ。

手を拭いて、そろりそろりとこたつで眠る文倉に近づいた。

（……眠っていても格好いいとか、顔がいいやつはすごいな）

純人が憧れている父親のように黙ってそこにいるだけで放たれる威厳はないが、造作が整っているからずっと見ていても飽きない。一生見ていられる気がする。

（って、しっかりしろ俺！　友人の寝顔をじっくり見るとか変態か！）

内心で自分の頭を竹刀で数回打って、無理やり視線を引き剝がした。そうして、はたと気づく。

下半身はこたつで保温されているが、上半身には何か布団代わりのものをかけてやらねばなるまい。

周りを見回したものの、目的に適いそうなものは自分が着てきたダウンジャケットくらいしかなかった。ベッドルームには布団があるはずだが、家主に断りなく入ることは純人にはできない。

「……すまん、俺がもっと大柄ならすっぽりくるんでやれたのに……」

うたたね中の支倉の広い背中にダウンをかけてやった純人は、無念の思いで呟く。横幅もさることながら、丈が足りていない。腰は身体の要、重要な部位だからこそ、冷えないようにクッションを集めて囲んでおいた。せめてもの保温処置だ。

起こさないように気をつけて移動し、再びキッチンに立つ。

「よし、煮るか」

さっき洗った米をやわらかくなるまで煮ればおかゆになるのだ。あとは一直線、支倉が寝ている間に立派に仕上げてみせる。

土鍋に米を移し、支倉が言っていた「五倍」を目安にどぼどぼとミネラルウォーターを入れた。量りたいのはやまやまだけれど、米の保管容器以外で計量カップがどこにあるのかわからない。米専用だとしたら勝手に流用はできないからな、とズレた方向で純人は生真面目さを発揮する。

土鍋をコンロに置いたら、いきなり疑問が生まれた。

「蓋はすべきなのか……？」

重さによる圧力でおいしく炊けるのなら蓋をしていたほうがよさそうだが、それでは中の様子が見えない。焦げたりしたら不安だ。

「……べつにしなくてもいいよな」

多少味が落ちても無事に完成させるほうが大事だ。蓋は脇に置いて、加熱を開始した。

沸騰するまでの間に、念のためにスマホでおかゆの作り方を調べた。大量に出てくる。たくさんありすぎて惑わされるが、とりあえず「沸騰したら弱火」にすることにして、完成の時間はレシピによってまちまちだから「やわらかくなったら出来あがり」でいいだろう。

気になったのは、昆布を入れているレシピがあったことだった。

「昆布だしでまろやかなうまみ……なるほど」

詳しく読む前に鍋が沸騰し始めて、慌ててスマホを置いて火を弱める。あとは焦げないように見張りながら煮るだけだが、昆布のアイデアはいいなと純人は自分の荷物を持ってきた。中から取り出したのは、支倉が純人のところに置いて行ったおかゆの味変グッズだ。その中には塩昆布もある。

「たしかに一緒に食うとうまかったもんな。いい出汁をだせよ～」

ふつふつしている鍋に塩昆布を投入する。――さっき見かけたレシピでは、出汁用の昆布は沸騰前に引き上げてくださいと書いてあるなどとは夢にも思わずに。

しばらくしたら米が炊けるときのような香りがし始めた。焦げないようにかき混ぜながら煮ているうちに、全体が白っぽくなってとろみがついてくる。よし、このまま米がやわらかくなるまで煮れば成功だ。

どのくらいの時間がたったのか、「ん……」と声を漏らした支倉がゆっくりと体を起こした。

「お、目が覚めたか。気分はどうだ?」

「……吉野? ごめん、俺、寝ちゃってたね……」

「なにを謝る。風邪っぴきなんだから寝てないと駄目だろう」

「ん……、よく寝たよ」

ふふ、と笑った支倉が、自分の肩にかかっているダウンジャケットに気づいて目を瞬く。

「これ、吉野の?」

「ああ」

「ありがとう。あったかい」

「い、いや……」

ふわりと笑った支倉は、寝起きで無防備なせいかやけに色っぽいうえに可愛げまである。胸が落ち着かなくなって急いで話題を変えた。

「もうおかゆできるぞ。食べるか?」

「うん、食べたい。吉野の初めての手料理、楽しみだなあ」

「まあ、米を洗って煮ただけだがな。ちょっと待ってろ」

ちゃんと煮えたか確認しようとスプーン一杯ぶんをすくい、息を吹きかけて冷ましてから口に入れた。

「……ん?」

首をかしげたら支倉も離れた場所で首をかしげる。

「どうかした？」

「……なんか、まずい」

「え？　なんでだろう」

「あっ、支倉はこっちにくるな！」

こたつから出てこようとするのを止めたのに、「ひどいこと言うねえ」と苦笑混じりでスルーしてやってきた。

「いや、ひどい言い方をしたかったわけじゃなく……っ」

「わかってるよ。でもひと眠りしてすっきりしたし、原因究明したいから来ました。って、これは塩昆布……？」

土鍋をのぞきこんだ支倉がさっそく追加素材を見破る。ぐつぐつ煮こまれたことでやわらかく、サイズも増した昆布たちはおかゆの海に大量に散らばって泳いでおり、全体をうっすらと緑色に染めている。

「出汁になるかと思ったんだが……」

「ああ、塩昆布も昆布だもんねえ」

納得した支倉が新しいスプーンを出して味見しようとするから、とっさに土鍋との隙間に割り込んで止めた。

「待て、支倉。これは失敗だ。ほのかに生臭いうえになんか硬いし、正直まずい。新しく作り直すからもうしばらく待ってくれ……！　これは俺が持って帰って食うから」

「まあまあ、とりあえず味見させてよ」

長い腕を伸ばして、純人の邪魔などものともせずに鍋の中身をすくってしまう。どこもくっついていないのに支倉の体ですっぽり包まれる感じにビシリと固まってしまった。

スプーンを口に入れた支倉が、軽く首をかしげた。

「んー、これ、言うほどまずくないよ？　もう少し煮て、アレンジしたら普通においしく食べられると思う」

「……本当か？」

「うん。一緒においしく仕上げようよ」

「これがおいしくなるとは思えないが……」

「なるって。……ていうか吉野、このままちょっとだけハグしていい？」

「は」

「えっと、なんか、俺が寝たあともひとりで頑張ってくれたお礼？　したいなって」

「お礼なんか、べつに……っ、そもそもおまえのために作ってたわけだし……っ」

動揺する純人に支倉が「そっか。変なこと言ってごめん」と少し後悔しているように呟いて体を引こうとするものだから、とっさに服の裾を摑んで止めてしまった。

「でもまあ、したいんなら、かまわない……」

「ありがと吉野」

かぶり気味に言った支倉がにっこりして、一瞬にして抱きすくめられた。ぎゅう、と予想以上の強さで抱きしめられて、大きな体のぬくもりと彼の香りに包まれる。

(うおおお、なんかすごい緊張するんだが……⁉)

手をどこに置いたらいいかわからずにおろおろさまよわせつつ、激しくなってゆく鼓動に焦る。こんなに密着していたら伝わってしまいそうだ。友人に感謝のハグをされたくらいで動揺しているなんて我ながら格好悪い。

「も、もういいだろ」

支倉の背中の服を引っぱったら、いやがるようにかぶりを振られた。

「もうちょっと……」

頭上だけでなく、密着している体からも響いてくる低い声は満足げで、吐息混じりなのがひどく色っぽくて動揺がひどくなった。

「あと何秒だ？」

「俺の気が済むまで……？」

「いつ済む？」

矢継ぎ早の問いに支倉がとうとう噴き出した。彼が笑うと振動が伝わってきて、親密な距離を意識してしまう。

「そんなに急がせなくてもいいじゃん」

「……急がせているわけじゃない。その、火を使っているし、焦げたらただでさえまずいものが、もっとまずくなるだろう」

「弱火にしてるからしばらく大丈夫だとは思うけど、たしかに、ずっと気が済まない可能性もあるね。ん……、これくらいにしとこ。ありがと吉野」

名残(なごり)を惜しむように最後にぎゅっとしてから、支倉が腕をほどいて体を離した。

脱力しそうなくらいほっとする一方でなんとなく寂しくなったけれど、そんなのはきっと気のせい、もしくは体温がなくなって少し寒さを覚えたせいだ。

そう自分に言い聞かせている間に、おかゆの鍋に蓋をした支倉が冷蔵庫を開け閉めしていくつかの品を取り出した。梅干しと葱、鰹節だ。

「旨味(うまみ)と香りを足したらいけると思うんだよね。俺が葱を切るから、吉野は梅干しをやってくれる？　種を出して、果肉を軽くたたいてほしいんだけど」

「わかった」

よく料理をする支倉宅にはシート状のまな板が複数あり、一枚を渡された純人はシンクの横の空間に敷く。支倉はシンクのコーナー部分を活(い)かしてシートタイプじゃないまな板を支えているから、初心者として場所を優遇されているようだ。

「平手でいいのか」

「……うん？」

無事に梅干しの種を取り出してから確認したら、リズミカルに葱を切っていた支倉が動きを止めた。手のひらに梅干しをのせてスタンバイしている純人を見るなり勢いよく噴き出す。

「な、なんだ……っ」

「や、ごめんごめん。俺の説明が悪かった」

謝りながらも声に笑いが滲んでいる。

「たたくって、料理のときは手じゃなくて包丁でやるんだよね。まな板の上にのせて、こう、トントントンって軽く」

身振りを交えての説明で自分の勘違いに気づき、かっと頬が熱くなった。

「そういうことは先に言え……！」

「うん、ほんとごめん。まさかパーかグーの確認をされるとは思わなくって」

「グーの確認はしてない！」

平手のパーでいいのか聞いている時点でこぶしのグーが念頭にあったことは置いておいて、怒るふりで気恥ずかしさをごまかした。が、支倉にはお見通しでくすくす笑いは止まらない。

聞こえないふりで恥の元となった梅干しを包丁でたたきまくっていたら、葱を切り終えた支倉に「もういいよ」と止められた。

「丁寧にたたいてくれてありがと」

「……む」

八つ当たり感覚だっただけに、褒められたら気まずいのとうれしいのとで返事に困る。

原形をなくした梅干しを引き取った支倉はそれをおかゆの鍋に投入し、続いて葱、鰹節、醤油を少しだけ回し入れて全体を混ぜてから火を止めた。

「できたのか？」

「うん。味見してみる？」

頷くと、スプーンですくったおかゆに息を吹きかけて冷ましてから口許に差し出される。きょとんとしていた純人ははっとした。

「おま……っ、俺は子どもじゃないぞ⁉ 自分で食える！」

「わかってるけど、べつにいいじゃん。ほら、口あけて」

（わかっていて俺に食べさせようとする意味がわからん……！）

困惑しながらも、くどくど言うほうが男らしくないような気がして純人はぱかっと口を開ける。そっと入れられたスプーンからリメイクおかゆを食べた。

「……うまいな⁉」

「よかった」

にっこりした支倉を尊敬の目で見上げてしまう。

あの微妙に生臭いうえに米に芯が残っていたまずいおかゆが、梅の酸味と甘み、葱の香り、鰹節と醤油の風味と旨味で大化けした。ちょうど空腹になっていたこともあって、いくらでも食べられる気がする。

「天才か……？」

思わず出た言葉に「おおげさだなあ」と軽やかに笑って、支倉はふたつの陶器の器におかゆをよそった。

「はい、持ってって。こたつで食べよ」

頷いて、自分のぶんのスプーンとおかゆを運ぶ。「これ、海苔や胡麻、ワサビも合うと思うんだよね」と味変グッズを持ってきた支倉の狙いは正しく、そのままでもおいしかったのに、味変したらまたおいしかった。

「やっぱり天才だな……！」

「これくらい普通だって。ある程度料理してると味の予想がつくようになるし、はずさない組み合わせみたいなのもあるんだよ」

さらりと言われた内容に純人は目を瞬く。

予想がつくのは経験からの学びと想像力、はずさない組み合わせも経験による知識だ。これまでの積み重ね——要するに鍛錬が、支倉の腕には反映されている。

ふいに、目の前が開けたような感覚があった。

「剣道と同じだな」

「うん？」

「俺はずっと、女性は生まれつき男より料理が得意なような気がしていた。が、そうじゃないんだよな。料理の腕っていうのは剣道と同じで、学んで、実践して、練習及び挑戦を積み重ねることで得られた知識および技術と直結しているんだ。……たぶん、ほかの家事も同じだ。女性のほうが家事をうまくやれる人が多いのは、その役割を負わされて、本人の意思とは関係なしに習熟させられているだけなんじゃないだろうか。本来の能力には、男女で差があるわけじゃない……よな？」

　答え合わせをするつもりで文倉の顔を見たら、彼がにっこりした。

「撫でていい？」

「な、なんで」

「すっごく褒めたい気分だから。駄目？」

「駄目じゃないが……っ」

「よーしよしよし」

「俺はペットか！」

　わしゃわしゃと頭を撫でられて思わずツッコミを入れてしまう。ひとしきり撫でた文倉は、純人の乱れた髪を直してくれながらやわらかな眼差しを向けてくる。

「吉野の言うとおりだと思うよ。吉野は頭が固いようで根っこが素直だから、ちゃんと気づけてえらい」

「……褒められてるのかけなされてるのかわからん」

照れくささから混ぜ返すと、悪戯っぽく支倉が瞳をきらめかせた。

「わかりにくかった？　じゃあもっとわかりやすく……」

「いや、いい！　むずがゆくなる」

「吉野は照れやだねー」

「普通だ」

言い返しながらも顔が赤くなっている気がする。

食後のデザートは、支倉のリクエストで純人が買ってきたフルーツゼリーになった。「ひとりで食べるのって寂しいじゃん」なんて甘ったれたことを言うから仕方なく、付き合いのつもりで純人も食べたけれど、つるんとした喉ごしの食後の甘味はうまい。

いまさらのように、自分が甘いものをけっこう好きらしい、と自覚した。

甘味を好むのは男らしくない気がしていたけれど、支倉がまったくこだわりなく、幸せそうに食べているのを見ているとこだわること自体がくだらなく思えてくる。

（支倉といると、なんだか目が覚めることばかりだな）

自分が少しずつアップデートされて、世界の色が変わってゆくのがときどき戸惑うけれどもおもしろい。

食後の後片付けを一緒にしようとする支倉をきっぱり断ったら、困り顔でブーイングされた。

「吉野も病み上がりなのに……」

「支倉は病んでいる最中だろう」

「もう治ったよ。熱もないし」

体温計を片手に訴えられたけれど、断固としてかぶりを振る。

「薬がきいているだけかもしれないだろう。明日は仕事なんだから、しっかり寝て、今日中にちゃんと治せ」

びしっとベッドルームを指して命じると、思案顔になった支倉がふいににやりと笑った。

「じゃあさ、吉野が添い寝してくれない？」

「はあ⁉」

「一緒に寝たら吉野も俺も休めるし、お互いの心配しなくていいでしょ？　うちダブルベッドだし、ふたりで寝ても余裕だよ。おいでませ～」

ベッドルームへと案内する支倉の誘いはどこまでも軽い。冗談か本気かをはかりかねた純人は、とりあえずかぶりを振った。

「俺は片付けをやるって言っただろう」

「……添い寝自体はアウトじゃない？」

少し声のトーンが変わった気がして支倉を見ると、にこっと笑う。いつもどおりの笑顔のような、何かごまかされたような。

気になったものの、繊細なニュアンスを汲むのが純人は苦手だ。それが恋愛の進展を妨げていたり、人間関係で失敗する一因だったりするのだけれど、基本的にどうしても言いたいことがあるなら言うだろうと思っているからあまり追及しない主義だ。

「添い寝という言い方をされると抵抗があるが、要するに雑魚寝だろう？　支倉が俺の体調を気遣って昼寝に誘ってくれているのはわかるし、あとで気が向いたら行く」

真顔で答えると、目を瞬いた支倉がゆっくりと笑み崩れた。

「そうくるかあ、って思ったけど、そこまで受け入れてもらえてる時点でかなりうれしいから、もういいや」

「うん……？」

「待ってるから、あとで来てね」

ウインクしてベッドルームに向かった支倉は、ドアを開けっ放しにした。気が向いたらと言ったのに、片付けを終えたら一緒に昼寝をするのが当然みたいな感じになってしまった。

まあいいか、と深く考えずに純人は目の前の仕事――洗い物に取りかかる。普段から家でもマグカップとスプーンくらいは洗っているから、洗い物は家事の中でも馴染みがある部類だ。失敗しないように慎重を期したおかげで、重たい土鍋を落として割ったり、包丁で手を切ったりすることもなく、無事にすべての調理道具と食器類を洗い終えた。

ふう、と息をついて手を拭った純人は、「あとで来てね」と言っていた支倉の言葉を思い出してベッドルームへと向かう。

起こさないように足音を忍ばせて移動し——すり足は剣道のおかげで得意だ——、開けっ放しのドアごしに中の様子をうかがった。

カーテンは閉まっていて、薄暗い。大きなベッドの中央が盛り上がっているのと、ＬＤＫに比べて落ち着いた雰囲気のインテリアになっているのはわかった。

プライベートそのものの空間に緊張しながら足を踏み入れ、ベッドに近づく。

支倉はよく眠っていた。息苦しそうでもないし、汗もかいていない。薬の効果かもしれないけれど、体調が悪そうじゃなくてほっとした。

さて、と一緒に寝ようとした純人は、乗り越えるべきハードルの高さに気づいて固まった。

雑魚寝みたいなもんだろうと軽く考えていたけれど、先に眠っている人がいるベッドにもぐりこむのは全然違う。

起こさないように掛け布団を捲って、ほぼ中央で眠っている支倉の隣に身を横たえるのだ。ベッドから落ちないためにはくっつかざるをえない。

（無理無理無理無理、なんか無理だ……っ）

脳内シミュレーションだけで頭から湯気が出そうで純人はしゃがみこみかける。が、大きく動いたら支倉が起きてしまうかもしれない。

なんとか動揺は心の中だけに留めて、来たときと同様に足音を忍ばせてベッドルームを出た。

ドアの外で大きく息をついて、思案する。

(俺は「気が向いたら」と言っていたわけだし、約束を破ったことにはならない、よな……？ていうか、普通に考えて布団に他人が入ってきたら目が覚めるだろうし、俺は支倉の睡眠の邪魔はしたくない。それに、外からやってきた俺が風呂(ふろ)にも入らずにベッドに入るのはまずいだろう。新たな風邪菌を運んでしまっているかもしれないからな)

うむ、と自分なりに納得して、ＬＤＫで支倉が起きるのを待つことにした。

音をたてずに暇をつぶせそうなものがないか室内を見回して、たくさんの本や雑誌が並んでいるラックに向かう。

(そういえば、展覧会で勉強する気だったんだよな)

せっかくだからここで勉強させてもらおうと一冊抜き出した。自社の業者向けカタログだ。分厚い。

「本当にいろいろ出してるんだな……」

こたつに入って、海外のメーカーと共同で開発したという知育玩具に感心したり、大人顔負けのメイクグッズや織り機に驚いたり、伝統技法とコラボした高級な造りの日用品やジュエリーに「もはやおもちゃじゃないだろ」とツッコミを入れたりしながらページをめくる。デザインも本当にさまざまだ。ポップなもの、シックなもの、可愛いもの、格好いいもの、個性的なもの。

この中に文倉がデザインしたものもあって、子どもたちはもちろん、大人にも楽しまれているのだ。

すごいな、としみじみ思う。

サニスパに入社したときはおもちゃなんて……という気持ちが正直あったけれど、作り手の想いを知ると「なんて」とは思えなくなっていた。


「……吉野、こんなとこで寝るとまた風邪ひくよ」

苦笑混じりの声が近くで聞こえて、純人はテーブルにつっぷしていた顔をなんとか上げる。

「はせくら……？　起きたのか」

「うん。吉野も起きて。まだ寝てたいならベッドまで運ぶけど」

かぶりを振って、しぱしぱする目をこする。カタログを眺めているうちにうたたねしてしまったようだ。

「飲む？」

「ん……」

渡されたグラスのお茶をごくごく飲み干し、やっと目が覚めた純人ははっとした。

「俺が面倒みてもらってたら駄目だろ！　すまん支倉！」

「べつにいいよ。ていうか、謝るべきはほかのことじゃない？」

少しすねたように言われたものの、何も思いつかない。眉根を寄せると苦笑される。

「添い寝してくれるって言ったじゃん」

「……や、それは、気が向いたらって話だっただろう。そもそも寝ているところに俺が入っていったら邪魔になって目が覚めるだろうし、風呂の前に布団に入るのは我が家では叱られる行為であってだな……」

言い訳しながらも、ちょっと後ろめたくてぼそぼそ声になってしまう。そんな自分の態度のいじましさに気づいて、大きく息を吸ってから頭を下げた。

「期待に添えなくて悪かった！」

ぶは、と支倉が噴き出す。

「もういいよ、たしかに期待しすぎた俺も悪いし。ていうか吉野のそういうとこ、ほんと……」

笑いながらくしゃくしゃと髪を撫でられる。愛でるようなやさしい手に照れくさくて仕方なくなって、気をまぎらわせるために言いさした言葉の続きを促した。

「なんだ？」

「好きだよ」

「……っ」

心臓が止まるかと思った。あまりにもさらりと、気負いもなく告げられた言葉なのに、威力がすごかった。ただの友達への「好き」だとわかっているのに。

腹式呼吸で気持ちを落ち着けてから、わざとらしく嘆息して見せた。

「おまえ、気軽に好きっていうのはいいが、相手は選べよ？　俺だったからよかったようなものの、女性相手だったら誤解させるぞ」

「吉野はしないの？」

「当たり前だろう。文倉も俺も男だ」

「世の中には同性愛者もいるし、同性も異性も愛せるバイの人たちもいるけど」

純人の周りではせいぜいＬＧＢＴに関するニュースや教科書くらいでしか聞いたことのない単語がごく普通の口調で友人から発せられて、目を瞬く。

なるほど、そういう人たちもいるだろう。身近にいないから想像もしていなかったけれど。

でも。

「文倉と俺には関係ないだろう」

ごく当たり前の事実として言ったら、なぜか文倉は少し困ったような、どこか痛むような複雑な顔になった。

「……そうだね。吉野がそう言うんなら、きっとそうだ」

「おかしな言い方をするな……？」

眉根を寄せる純人に支倉がいつもの顔で笑う。

「気にしないで。それより晩メシ食ってくでしょ？　何がいい？」

さっき食べたばかりだろ、と言おうとして、意外と空腹なことに気づいた。さすがはおかゆ、消化がいい。

そろそろがっつりしたものが食べたい気分だけれど、支倉には早いだろう。それに、いまの言い方からして作ってくれるっぽい。

「任せる」

一任したら、「じゃあうどんにしよっか」と彼がキッチンに向かった。

「吉野も手伝う？」

「もちろんだ！」

即答してこたつを出ると、鍋を出しながら支倉が軽く首をかしげた。

「……吉野がいままで料理や裁縫をしなかったのって、シンプルに周りの影響なんだろうねえ」

「ん？　なんだ急に」

「いや、改めて気づいてさ。素直だからこそ、ご両親がジェンダーロールバリバリな家庭でうまくいっているのを見ているうちに、それがベストな形だって思ってきたんだろうなあって」

「……まあ、そうだろうな」

「でも俺が裁縫とか料理とかすると、最初はびっくりしても否定しないし、能力に男女差はないって気づいてくれたじゃん？　てことは、俺が一緒にいるうちにほかの概念にもちょっとずつ慣れてくれるのかなーって」

「……わかりにくい。もっとズバッとその概念とやらを教えてくれ」

要求したのに、「そのうちね」とはぐらかされてしまった。

冷凍のうどんを使ってふたりで作ったのは、卵を落として葱を散らした月見うどんだ。簡単だったのにカップ麺よりおいしくてびっくりした。

支倉といると何をしているわけでもないのにあっという間に時間がたつ。「泊まってく？」と冗談か本気かわからない口調で誘われたけれど、泊まりの準備をしてこなかったのを理由に午後六時になったのを機においとました。

ひとりで帰路についた純人は、電車内で無意識に笑みをこぼす。

（「送ってくよ」なんて、風邪をひいた本人が見舞いに来た俺を家まで送りたがるとか、本末転倒だろう）

あいつ、本当に面倒見がいいよなあ、と支倉のことを思い出しながら帰る足取りは軽かった。

4

週明けの月曜日。のんびり土日をすごしたおかげか、風邪は見事に完治した。

いつもより調子がいいくらいの体調で出社した純人が始業準備をしていたら、女性が多い部署では目立つ長身がひょこりと出入口から中をのぞきこんだ。支倉だ。

純人がいるのを認めた彼が、軽い足取りでやってきた。

「おはよう、吉野。昨日はありがとう」

「おはよう。もう大丈夫なのか?」

「ばっちり。てことで、お礼に今日のお昼は俺がおごるね」

「は⁉ なに言ってるんだ、そもそも土曜に俺が世話になったあげくにうつしたのが原因なんだから、お詫びに俺がおごるべきだろう」

「じゃあどっちのおごりになるかはあとでジャンケンするとして、またお昼にね」

ひらひらっと手を振って、ランチを一緒にする予定だけ決めて支倉が去る。

「マイペースなやつだな……」

呆れたように呟きながらも唇がほころんだ。あのペースに巻き込まれるのが純人は嫌いじゃないし、あと数分で始業なのにわざわざ元気になった報告に来てくれる義理堅さも好ましい。

「吉野さんって、支倉さんとほんとに仲いいですよね～。高校が同じって聞きましたけど、幼なじみってやつですか?」

パソコンに向き直ったタイミングで声をかけてきたのは、隣の席の井川だ。

最初のころは「吉野さんイケメンだから緊張します」なんて言っていた彼女だが、数日もせずに「吉野さんって恋愛する気ゼロオーラが全身から出ているので逆に話しやすいです～」とのたまった。百八十度違う評価に戸惑ったものの、硬派ゆえ恋愛体質じゃない自覚はあるし、同じ部署で面倒はごめんだからこれはこれでいい。話しやすいなんて言われたのは初めてだけれど、支倉といると笑ったりしゃべったりしているからとっつきやすく見えるらしい。

新卒でサニスパに入社した井川は純人より二歳下だけれど仕事面では先輩で、隣の席ということもあって何かとお世話になっている。おかげでいつの間にか気負わずに雑談もできるようになった。

「幼なじみというほど長い付き合いじゃないです。高校だけ同じで、そのあと疎遠になって、転職してきたらたまたま支倉がいて友情復活したっていうか」

「え～っ、転職先で再会してまた仲よくなるなんてすごい偶然……!　いいなあ、わたしも誰かと運命的な再会をしたいです～」

運命的って……と内心でツッコミを入れるものの、可愛いものが大好きな井川は恋愛ものも大好きなロマンティストでもあった。純人の立場を自分に置き換えて妄想したのだろう。

あえてコメントせずに話を終わらせようとしたのに、ちょっともじもじしながら井川が思いがけないことを聞いてきた。

「……もしかしてなんですけど、支倉さんって最近彼女さんと別れてたりします？」

「は」

「あっ、すみません変なこと聞いちゃって」

あわあわと手を振って詫びる彼女は、仕事のときはなんだかんだで頼りになるのにやっぱり年下の女の子だ。年長者としてフォローしてやらねばと純人はかぶりを振る。

「いえ、質問の意図が不明だっただけです」

「あー……ですよね」

ほんのり頬を染めた井川が、周りを見回してから小声で打ち明けた。

「じつはわたし、支倉さんのこと以前からいいなって思ってて……。でも社内で彼に告った子が『彼女がいる』って断られたって聞いたんで、自分も無理だろうなってあきらめてたんです。支倉さんって彼女を大事にしそうだし、ワンチャンもなさそうじゃないですか」

「はあ……」

ワンチャンは犬じゃなくて一度のチャンスって意味だったな、ともこもこの犬を想像しながら純人は適当な相槌を打つ。

恋愛話に興味がなさすぎて正しい反応ができている気はしないけれど、ただの友人である自分に対してあれだけ面倒見がいい支倉なら彼女にはもっと尽くすだろうな、とは思った。

「だけど、さっきおふたりが話しているのが聞こえちゃったときに、週末に彼女さんじゃなくて吉野さんと一緒にいたっぽかったので……。支倉さんがフリーになったんなら、わたしもいまフリーなので頑張ってみようかな、と」

「なるほど」

頷いたものの、あまり「なるほど」という気分ではなかった。理由はよくわからないが、胸の中がちょっともやっとしている。

恋愛沙汰と無縁に生きてきた自称硬派な純人にとって、この微妙な不快感の対処法などわからない。できるのは、前向きに恋愛しようとしている井川を応援することだけだ。

「……頑張ってください」

「あっ、それでですね、支倉さんに彼女がいるかどうかを……っ」

「ああ、そうでしたね。ええと、いまはいないって言ってた……と思いますよ」

個人情報を勝手に漏洩するのはまずいよな、という気持ちと、ここまで井川に打ち明けさせておいて何も教えないのも非道だろう、という気持ちの板挟みになった純人は、しどろもどろになりながらもなんとか嘘ではない返事をひねり出す。

「思います」をつけることで明言を避けた形だが、ぱあっと井川の顔が輝いた。

「ほんとですか⁉　じゃああの、よかったら協力してもらえませんか？」

「えっ」

「支倉さんと仲がいい吉野さんに協力してもらえたら、めちゃくちゃ心強いです！　わたしのことを支倉さんに知ってもらうためにも吉野さん込みでダブルデートっていうか、プチ合コンみたいな感じで軽く誘ってもらいたいんですけど……っ。もうひとりの女子はわたしが誘いますので！」

「い、いや、俺はそういうのは……」

「お願いします‼」

がばっと勢いよく頭を下げられたら、すげなく断ることなどできなかった。

（あああ、俺、絶対そういうの苦手なのに……）

内心で盛大にため息をつくものの、引き受けてしまったものは仕方がない。ランチのときにでも支倉に言おう。

早々に約束を果たして、お役御免にしてもらうのだ……と決意した純人は、どこまで協力したらいいのかについては考えないことにした。

そうして迎えた昼休憩。

支倉とランチに出て、ジャンケンに負けておごってもらうことになり、「じゃあ明日は俺がおごるからな！」とリベンジを宣言した純人は、井川との約束——文倉をダブルデートもしくはプチ合コンに誘う——を果たせないまま職場に戻ってきてしまった。

忘れていたわけじゃない。むしろずっと言おうとしていた。

が、もともと恋愛に関する話題を軟派なものとして遠ざけていた弊害か切り出し方がわからず、言おうとしてもなんだかよくわからない感情に囚われて言葉に詰まってしまった。

火曜日も言い出せず、水曜日も言おうと思ったら時間切れになって、すごすごと戻ってきてしまった。

「本当にすみません、井川さん……。俺、まだ文倉に言えてなくて……」

「いいんですよ〜。吉野さんが『いまだ！』って思ったタイミングで誘ってください。成功率が上がるならいくらでも待ちます！」

ぐっ、とこぶしを握ってキラキラの瞳を向けてくる井川の寛大さもプレッシャーだ。

時間がかかるほど失敗したという報告がしづらくなる。さっさと文倉を誘ってしまいたいのに、どうもうまくいかない。

（時間制限や、周囲の視線があるから駄目なのか……？）

毎回ランチのときに切り出そうとして、なかなか言えずにタイムオーバーになっている。敗因は「ダブルデート」だの「合コン」だのという、純人の人生には無縁だった単語に対する抵抗感や照れくささにあるのではないか。

つまり、周りの目が気にならないところで、言えるまでいくらでも時間を使える状態でなら井川との約束を果たせるはず。というか、そこまで環境を整えておいてできないようなら男ではない。スパッと約束を果たすのだ。

腹を決めた純人は、翌日、木曜のランチのときに切り出した。

「支倉、今夜時間あるか？」

「うん。なんで？」

「一緒にメシを食わないか」

目を瞬(しばたた)いた支倉が、ぱあっと輝くような笑みを見せた。一瞬心臓が止まる。

「いいよ。どこで食う？」

「……なんでそんな、うれしそうなんだ」

「え、そりゃうれしいでしょ。吉野から誘ってくれるの初めてじゃん」

言われてみればそうかもしれない。というか、純人から誘わなくても支倉が来てくれるからわざわざ誘う必要がなかった。

でも、こんなに喜んでくれるなら今後は自分から誘うのもいいなと思いながら先の質問に話を戻した。

「どっちかの部屋がいいんだが」

「わかった。吉野のとこじゃマトモなメシ作れないから、俺んちにしよう」

上機嫌に支倉が決めて、一緒にスーパーで食材の買い出しをして帰ることになった。

「何かリクエストある？」

スーパーのカゴを手にした支倉ににこやかに聞かれても、何も思いつかない。しかし何か挙げたほうがいいだろうと頭をひねっていた純人は、ふと気になった。

「リクエストしたらなんでも作れるのか？」

「よっぽど特殊な材料が必要とか、時間がかかるものじゃない限りはできると思うよ。レシピはネットで調べられるし」

「すごいな……！」

素直に感心すると支倉がやわらかく目を細める。どことなく甘く見える眼差しにどぎまぎして、視線をさまよわせたら夕飯にいいヒントを見つけた。

生鮮食品売り場の中央、野菜が整然と並ぶワゴン上の『今夜は鍋！』という文字。

「鍋はどうだ？」

「いいね。なに鍋？」

「さっぱりしたのがいい。水炊きとか」

「OK」

友人とつつくのに鍋ほどふさわしいものはない気がするし、自炊しない純人にとってはひさしぶりのメニューだ。提案が採用されたのもうれしくて気分が浮き立つ。

白菜や椎茸、葱、鶏肉、ポン酢など、支倉はレシピを調べることもなく次々カゴに入れてゆく。主婦っぽい買い物をしていても格好よく見えるとか、何か特殊なフィルターでもまとっているんだろうか。美男おそるべしだ。

マンションに着いて、袖まくりしながらキッチンに立った支倉が純人を振り返った。

「一緒に作る？」

「……足手まといにならないか？」

ふたりで食べるものだし、料理は女性がするものという偏見がなくなった身としては調理に参加したい気持ちがあるものの、技量のなさは自覚している。支倉がにっこりした。

「大丈夫だよ。それに、上達には練習あるのみでしょ」

それもそうだな、と納得して純人はスーツの上を脱ぎ、支倉が貸してくれたエプロンを身に着ける。

腰のうしろで紐を結んでいたら、じっと見つめられているのに気づいた。

「どうした？」

「吉野のエプロン姿にやられてた」

「わけのわからんことを言うな」

顔をしかめても彼は笑っている。もともとほがらかな男ではあるものの、今日はずっとご機嫌だ。こっちまでつられて楽しい気分になるけれど、井川との約束を思い出したらプレッシャーに少し気持ちが沈んだ——否、引き締まった。

キッチンに並んで、支倉の見本に合わせて純人も慎重に包丁をふるう。一枚ずつ洗ってから渡された白菜を切り、水菜を切り、長葱を切り、人参を切る。だんだん慣れてきた。

「吉野、だいぶスピードアップしてきたけど手を切らないように気をつけてね」

「ああ。なにごとも慣れて油断をしたころに失敗するものだからな。そんなお約束な真似はしない」

まな板の上の食材と真剣に向き合いながら請け合ったら、注意した本人のくせに「薄皮一枚くらいならアリだよ？ 手当てしてあげるし」と切ってほしいのかほしくないのか謎な補足がきた。今夜の支倉はちょっと変だ。

が、調理の手順はばっちりだった。

気づかないうちに土鍋に水と昆布を用意しており、野菜を切り終わったタイミングで骨付きの鶏肉をまずは鍋に入れる。沸騰前に「煮立てるとえぐみが出るからね」と昆布だけ取り出して灰汁をすくい、人参ときのこ類を投入。

「ぜんぶ入れないのか？」

「入れてもいいけど、火が通りにくいものから順に煮たほうが食べるときにちょうどいい仕上がりになるし、出汁も出るからおいしいよ」

ちゃんと理由があっての手順は理解しやすい。料理は化学、化学ならわりと得意だ。

椎茸に火が通ったころに白菜や葱、豆腐、水菜、支倉の提案で冷凍餃子などを入れる。全体がくつくつと煮えたら完成だ。

「意外と簡単だな……⁉」

感心する純人に「でしょ？」と支倉がお箸と取り皿を渡してくれる。

「料理とか裁縫とか、家庭的なことができると『女子力』高いって言われることがあるけどさ、ああいうのって性別関係なく『生活力』だと俺は思うんだよね」

「たしかに……。衣食住は快適に生きるために必要だもんな」

納得すると支倉がにっこりする。

「吉野のそういうとこ、やっぱり好きだなあ」

「なっ、なんだ急に……っ。支倉のそういうところ、俺は毎回反応に困るぞ」

「そのうち慣れるよ」

慣れるまで言う気か、とツッコミを入れたいところだけれど、あっさり「うん」と返されそうだ。というか、すでに何回か言われているのに全然慣れない。言われるたびに心臓が跳ねてどぎまぎするのは心の準備が足りないということだろうか。

（だが、いつ『好き』と言われてもいいように心の準備をしているのもおかしくないか……？）

内心で首をひねっている間に、ポン酢ともみじおろし、ラー油を支倉が純人の手が届きやすいところに並べてくれる。これは『生活力』というより『気遣い力』かも。自分も見習わねばと思いつつポン酢を取り皿に注いだ。

缶ビールで乾杯したあと、さっそく鍋を取り分けようとして支倉が手を止めた。

「ごめん、取り箸がなかった。ちょっと取ってくる」

「いいよ。おまえと俺だけだし、直で」

「そ？　吉野がそう言うなら」

にこっと笑った支倉が座り直して、ふたりでこたつを囲んで水炊きに舌鼓を打つ。

シンプルな材料、作り方にもかかわらず、熱々の野菜も肉も餃子もすごくおいしかった。気の置けない友人とリラックスして食事を楽しんでいるからかもしれない。

シメは雑炊になるのかと思いきや、予想外のものを支倉が出してきた。

「塩ラーメン……⁉」

「うん。水炊きの最後って野菜と鶏肉の出汁が出てるから鶏白湯じゃん？　それで作るんだからうまいに決まってるよね」

そうなのか、と思っている間に麺を投入し、くつくつ煮こんで味を調えてから卵でとじる。

うまみたっぷりのスープで煮こんだ麺にとろとろの卵が絡むラーメンは絶品で、これのためだけにまた水炊きをしたくなる味わいだった。満腹だったのに綺麗に空にしてしまう。

「うあー……くるしい……。完全に食いすぎた……」

「俺も。でもうまかったね」

「ああ。簡単なのにうまいとは、鍋というのは偉大だな」

心の底からの言葉に支倉が噴き出す。

「……なんだ」

「いや、ごめん。そういうとこかわ……じゃなくて、そんなに褒めてもらえたら鍋もうれしいだろうなって」

おおげさだったかと思いつつちょっとすねた顔で聞いたら、支倉が片手で拝むふりをした。

「鍋に感情なんてないだろう」

「それを言われたらおしまいだなあ。吉野もサニスパの社員なら、なんでもキャラクター化できるくらいの感性をもたないと」

「……すまん、そういうものか」

「いやいや素直すぎ」

笑ってこたつから立ち上がった支倉が、皿や鍋をまとめてキッチンに運んでゆく。いつの間にかテーブルの上が片付けられていることに気づいて、慌てて自分も立ち上がった。

「悪い、ぜんぶやらせたな」

「いいよ、ついでだし」

「……支倉は俺を甘やかしすぎだぞ。俺がダメ人間になったらどうするんだ」

シンクに洗い物を置いた支倉がふふっと笑う。

「そのときはちゃんと面倒みてあげるけど、吉野はダメ人間にはならないよ」

「なんでそんなことがわかる」

「吉野は自分を客観視できるし、俺がやったことにちゃんと気づいたじゃん。ダメ人間っていうのは、相手にしてあげたことはしつこく恩に着せても、自分がしてもらったことは気づかなかったりすぐ忘れたりするもんだよ」

「ふむ……？」

「でもまあ、気づいても何も言わなかったら気づかなかったのと同じだから、ひとことはほしいかな」

「ひとこと……？」

どんな、と首をかしげると、文倉が食器洗い用のスポンジを片手ににっこりする。

「ありがとうって」

「そんなものでいいのか？」

「そんなものっていうけど、あるのとないのとじゃ大違いだよ？　感謝してほしくてしているわけじゃなくても、何かしてあげても『当たり前』だと思われてるとやりがいも張り合いもなくなるでしょ」

「……ふむ」

言われてみれば、経理の仕事でも同じだ。仕事だと割り切ってこなしていても「ありがとう」

のひとことがあるとうれしいし、やる気が出る。

「ありがとう、支倉」

さっそく伝えたら、やわらかく目を細めた彼が頷いた。この眼差しはなんだか純人を落ち着かなくさせる。気を紛らわせたくて自分から片付けの分担を聞いた。

「俺は何をしたらいい？　洗ったあとを拭いたらいいか？」

「あ、その前にテーブル拭いてきて。はい、よろしく」

濡らして絞った布巾を放ってパスされた。キャッチしたそれは、落ち着いた色合いだけれどよく見たら支倉が担当しているキャラグッズの「ニースちゃん」シリーズだ。

「こんなものまで出てるんだな」

「雑誌の付録用に前作ったやつ。限定品だよ」

それは貴重なやつでは……と思うものの、使われているものをいまさらもったいながっても仕方ない。テーブルを拭きに行く。

片付けを終えた純人が先にこたつに戻ってビールの残りを飲んでいたら、冷蔵庫の前から声をかけられた。

「吉野、まだ満腹？　デザートにアイスあるけど」

「……満腹だが、何アイスかによるな」

誘惑に負け気味の返事に笑って、支倉がカップのアイスを積んで見せた。

「このまえ吉野がお見舞いに買ってきてくれたやつだよ。なんとハーゲンダッツ」

「買ってきた本人に『なんと』って言うのは変じゃないか？」

「まあいいじゃん。食べる？」

「……ひとくちでいいな。まるまる一個は無理だ」

「じゃあ俺のをあげる。何味？」

「支倉が選べ。俺はひとくちでいいんだから」

「ひとくちしか食べないからこそ選ばせてあげたいんだよ」

「やっぱり支倉は俺を甘やかしすぎだと思う」

「そうだとして、いま吉野が言うべきひとことは？」

「……ありがとう？」

「どういたしまして」

にっこりされたけれど、なんだか言いくるめられたような気がしないでもない。

抹茶味(まっちゃあじ)を選んだら、こたつに戻ってきた支倉がスプーンに山盛りにして純人の口許(くちもと)に差し出した。

「はい、どうぞ」

「……どうも」

これは「あーん」というやつでは？　と思うものの、たったひとくちを食べるために支倉からスプーンを奪うのもおかしい気がして純人は口を開ける。食べさせてくれた支倉は上機嫌だけれど、男同士で不毛だなどと思わないのだろうか。

(まあ、やたらと面倒見がいいやつだもんな)

不毛とかどうとかいう以前に、ごく当たり前のこととしてやっているのだろう。純人に食べさせたスプーンで普通に残りのアイスを食べているけれど、友人同士だから全然気にならないし、気にするようなことでもないのだ。

あの唇と接触したときのことを思い出してしまったのは脳のバグにすぎないし……なんてことを考えていたら、支倉に何か言われていたのにちゃんと聞こえていなかった。

「すまん、なんだって?」

「このまえ誘った展覧会、今週末までが会期だけどどうする? って言ったんだけど」

機嫌を悪くすることもなく繰り返してくれたけれど、「誘った」という単語で今度は思考が別の方向へ飛んだ。

(しまった……! 井川さんとの約束を果たすためにここに来たのに、支倉といるのが楽しくて忘れてた……!)

我ながらうっかりがすぎる。なんのためにわざわざ夕飯に誘ったのか。

とにかく目的を果たそうと純人は姿勢を正し、支倉に向き直った。彼が目を瞬く。

「え、俺、なんか変なこと言った……?」

「いや、そうじゃない。ちょっと話があってだな……」

「……なに？」

支倉も姿勢を正す。純人の緊張が伝染してしまったのか、彼まで深刻な顔だ。

もっとさりげなく、話の流れでいい感じに井川さんとのダブルデート、もしくはプチ合コンに誘うつもりだったのに、完全に失敗した。これでは軟派な内容に反してものすごく真面目な告白をするみたいじゃないか。

だがしかし、純人は生まれてこの方ずっと恋愛沙汰と縁遠く生きてきたのだ。うまくできなくても仕方がない。

へたくそでもせめて誠実に務めを果たそう、と真剣な面持ちで口を開いた。

「支倉、井川さんのことをどう思う？」

「……うん？」

「井川さんだ。俺と同じ部署の。知ってるよな？」

「知ってるけど……」

「どう思う？」

もう一度聞いたら、支倉の表情がなんともいえない苦いものになった。手ごたえが悪そうで純人は焦る。

「い、いい人だよな？　中途採用の俺にもすごく親切に仕事を教えてくれて、自社製品を好きで、その、見た目もしゃべり方も可愛い人だし……っ」

「吉野」

制止するような低い声で呼ばれたけれど、聞こえないふりで続けた。

「その、支倉の好みだろうか……っ？」

「……俺の？」

頷くと、大きく息をついた彼がぐしゃりと髪をかき上げた。

「あー……、そっちね……。吉野の好みを聞かされんのかと思った……」

「俺の？　いや、俺は彼女のことはいい同僚だと思っているが、それだけだ」

「……俺との仲を取り持つのを、引き受けてくるくらいだもんね。そういうの苦手なくせに」

低い声の呟きは、やっぱり苦い。浮かべた笑みと同じくらいに。

初めて見る支倉の表情に、自分が何か大失敗をしてしまったらしいと純人は悟る。でも、何をやらかしたのか。

内心でおろおろしていたら、ぽつりと彼が呟いた。

「……吉野って、誰よりも俺のこと傷つけるのうまいよね」

「え」

目を見開くと、はっとしたように彼がかぶりを振った。

「悪い、いまのナシ。忘れて」

「わ、忘れろと言われてできるような内容じゃなかっただろう……！　どういう意味だ」

円形のこたつの縁を回ってにじり寄るのに、目をそらしたまま文倉は困り顔で笑う。

「口がすべっただけだよ。撤回したし、本当にもう気にしないで」

「無理だ。気になる。ちゃんと言え」

「言いたくないです。ていうか吉野、そろそろ帰る準備したほうがいいんじゃない？　終電になっちゃうよ」

いつもの口調でそんなことを勧める文倉は、やっぱり目を合わせてくれない。言いようのない不安と焦りが胸の中に生まれた。

高校生のころ、純人は向き合うのを避けていちばんの親友だった彼と疎遠になってしまった。このままではまた二の舞になる気がする。

そんなのは嫌だ。文倉を傷つけてしまったというのも嫌だ。

向き合って、ちゃんと話して、謝って、これまでどおりでいたい。

誰に対しても思ったことがないほど強く、この関係を壊したくないと思った。だからこそ、食い下がった。

「終電になろうがどうでもいい！　文倉がちゃんと話してくれるまで帰らないからな！」

きっぱり宣言してがっちり腕を掴むと、ものすごく痛むような顔で彼がようやくこっちを見た。そんなに強く摑んだつもりはなかっただけに動揺したものの、手は離さなかった。

まっすぐ見つめて、話してくれと目で訴える。

無言の、視線だけのせめぎ合いがあって、とうとう観念したように支倉が大きく息をついた。

「……井川さんのことは、なんとも思ってないよ。俺の好みは吉野だから」

半ばやけになったように、放り投げるように告げられた言葉は、一瞬脳をすべり落ちた。

支倉が？　俺を？　好んでいる？

いつもの「そういうとこが好き」と違うのは、なんとなくわかった。

――話の流れからして、おそらく恋愛対象として好まれている。

理解したら、どっと鼓動が速くなって頭の中がぐるぐるした。

同性を好きになる人がいるというのは一応知っていたけれど、それが支倉で、しかも自分が対象になるなんて想像したこともなかった。想定外すぎて受け止めきれないし、何を言ったらいいかもわからない。

けれども支倉は返事を……もしくはなんらかの反応を待つようにこっちをじっと見ている。

何か言わなくては。過去の失敗を繰り返さないように、とにかく何かを。

「……おまえも俺も、男だぞ……？」

ようやく出てきたのは、そんな当たり前の言葉だった。

拒絶のようで拒絶ではない、それ以前のぼんやりした反応に支倉が苦笑する。

「わかってるよ。でも俺、性別関係なく好きになれるんだよね」

「……それって、つまり……」

「バイってこと」

言いよどんだ純人に代わってさらりと告げる。

「ちなみに自覚したきっかけって吉野なんだ。高校のころ、やたらと吉野にドキドキするし、さわってみたいって思うしで、もしかして……って思ってたら失恋して、はっきりわかった」

「………嘘、だろ……」

「嘘だよって言ってあげたいけど、本当。ごめんな」

呆然（ぼうぜん）としながらも、支倉が悪いわけじゃないからゆるゆるとかぶりを振った。とにかく衝撃続きで混乱している。

あのころの支倉にそんなふうに思われていたなんて、想像もしていなかった。支倉は純人にとって誰よりも気を許せる、いい友人で……大事な存在だったけれど、でも同性だし、いやでも性別など関係なく好きになるというのは多様性の中では起こりうることで……と考えているうちにいっそう混乱してきた。

「……気の迷いってことは？」

誰しも若気の至りということはある。母親似の純人は顔立ちが綺麗だとよく言われるし、鍛（きた）えてはいるが体格的にもマッチョとはほど遠い。

当時からモテていた支倉が自分に女性の代わりを求めていたとは思えないけれど、男だと認識したうえで恋愛感情を抱(いだ)かれていたというよりはまだ納得できる気がする。

　そう思っての確認は、苦笑混じりで否定された。

「気の迷いだったら、もう一度吉野に惚(ほ)れたりなんかしないよ」

「！」

　さらりと落とされた爆弾発言に固まっている純人に、彼が続ける。

「吉野には信じられないかもしれないけど、俺にとって好きになる相手の性別は本当にどうでもいいことなんだよね。美大に入ったら恋愛対象の性別を気にしないってタイプがけっこういて、誘われて同性と付き合ったこともあるし」

　そこまで明かされたら、若気の至りで一時的に血迷ったとかではなく、正真正銘(しょうしんしょうめい)のバイなのだと純人にも理解できた。

　そのうえで、彼は「もう一度吉野に惚れた」と言ったのだ。

　つまり自分は、好いてくれている相手にほかの女性を勧めようとしていたわけだ。それで彼を傷つけた。気づいてなかったにしろ、無理やり傷口を開いて見せるように言ってしまった。

「……すまない、俺は……」

「謝らなくていいよ。ていうか、吉野にそんな顔されるのがわかってたから、言わないほうがいいのはわかってたんだけど」

　困り顔の呟きに、とっさに純人は彼の腕を掴んでいないほうの手で顔を覆(おお)う。自分がどんな顔をしているのかわからないけれど、支倉を否定したいわけじゃない。

とにかく動揺していた。鼓動が落ち着かなくて、支倉が自分のことを恋愛対象として好きなんだと思うとじっとしていられないような気分だ。

支倉が力なく苦笑した。

「信じられないかもしれないけど、吉野とどうこうなりたいなんて思ってないから。……まあ、全然期待してなかったって言ったら嘘になるけど、いまの反応で俺じゃ無理なんだってわかったし」

「……」

何か言いたかったけれど、無責任な相槌は打てない。黙りこんでいたら、支倉の腕を摑んだままだった純人の手に彼が手をかけた。

思わずびくっとしてしまうと、どこか痛むような苦しい笑みをを見せた彼が、ゆっくりと純人の指をほどき始めた。放したくない、と思ったけれど、気持ちに応えられないのに相手から拒まれるのをいやがるなんて、あまりにも傲慢だ。

「勝手に片想いしているだけだし、あんまり身構えないでほしい……って言っても無理かな。男に好きだなんて言われるの、吉野には気持ち悪いことだよな？」

そっと剝ぎ取られた手を放されて、言いようのない気持ちになりながらもかぶりを振った。大混乱中の頭からなんとか言葉をひねり出す。

「そ、そんなことはない……。ただ、実感がなくてだな……。うまく言えなくて、すまない」

「なんで吉野が謝るの。……こっちこそ、ごめんな。せっかく俺のこと友達だと思ってくれてたのに」

ふるふるともう一度かぶりを振る。それから、頷いた。

自分にとって支倉はずっと友達だったけれど、彼にとっては違ったのだ。思い至ったら寂しいような、裏切られたような、なんともいえない気持ちになったけれど、たぶん支倉のほうがしんどかったんじゃないだろうか。「男らしさ」にこだわる純人のことを知っていればこそ、友達以上になりえないとわかっていただろうから。

「……俺はこれから、支倉にどんな態度をとったらいい？」

恋愛経験ゼロゆえにどうしてもわからなくて投げたストレートな質問に、彼が少し笑う。

「普通でいいよ」

「いや、だが、支倉は俺のことを好きなんだろう？」

「うん。でも気にしなくていいよ。勝手に好きなだけだから。むしろ気遣われるほうがしんどい」

「そ、そうか……」

自分にそういう経験がないからわからないものの、ころんだときにおおげさに騒がれるよりは、さらっと流されたほうが平然としていられるのに似ているのかも、と理解した。

「あと、井川さんには俺から適当に言っとくから、そっちももう気にしないで」

軽く忘れかけていたけれど、そもそもは井川に頼まれて支倉に打診したのだった。

きっちりそこまでフォローしてくれる支倉はさすがだ。本当なら引き受けた自分が最後まで責任を取るべきだとわかっていても、何をどう言えばいいかもわからなかったから頷いた。

その後は支倉に促されるまま、帰ることになった。

駅まで送ってくれた支倉を電車に乗る前に振り返ると、いつもと変わらぬ笑みを見せて手を振られる。反射的に振り返したけれど、ドアが閉まる瞬間にふっと笑みが消えるのを目撃して胸が騒いだ。

支倉には笑っていてほしい。でも、ただの友達でしかいられない自分がお節介をやくのはきっと逆効果だ。だって支倉は——。

(……本当に、あいつが俺のことを……?)

好き、なんて縁遠い単語すぎて理解が追いつかない。気を抜くと、電車内なのに頭を抱えて「わーっ!」と大声をあげてころげ回りたくなる。

それがどんな気持ちからきているのかは、大混乱の真っただ中にいる純人にはわからないままだった。

5

（井川さんには『適当に言っとく』って、あいつ、どんなふうに言ったんだ……⁉）

支倉の衝撃の告白から約一週間たち、純人はことあるごとにそんなことを考えている。

隣では帰る準備をすませた井川がいそいそと立ち上がったところだ。

これから支倉と会う、らしい。

ちなみに今日が初めてじゃない。今週に入って二回目だ。どういうことか気になって仕方がない。

「お先に失礼しま～す」と歌うような声を彼女が発する前に、とうとう純人は耐えかねて自分から話しかけた。

「あの……っ、これから支倉と会うんですよね？」

「はい～。あっ、すみません！　吉野さんには協力をお願いしていたのに、わたしったら何も報告してなくって」

ぱっと頬を赤らめた井川に胸の奥がざわりと不穏に波立つ。

支倉はバイで、性別にこだわらずに人を好きになれると言っていた。つまり彼女も恋愛対象内なのだ。——支倉に好意を寄せている、可愛らしい女性。

おかしな焦燥感に襲われている純人に気づくことなく、井川がにこやかに「報告」した。

「じつは先週の日曜、たまたま支倉さんに会ったんです」

「ど、どこでですか」

「美術館です。買い物してたら『世界のおもちゃとデザイン展』っていうのをやってるのを見つけて、最終日だったんで入ってみたら支倉さんがいたんですよ～！　もうこれ運命だ！　と思って話しかけたんです！」

「そ、それで……、付き合うことになった、んですか……？」

「残念ながらそこまでうまくはいきませんでした～。食事に誘ってみたんですけど、『好きなひとがいるので』って断られちゃって」

その「好きなひと」は自分のことだ。ぴょんと心臓が跳ねて、なんとなくほっとする。一方で、現状の謎が増した。

「……でも最近、よく会っているみたいですよね？」

聞いていいのか迷いながらも探りを入れると、うふふと笑って頷かれた。

「そうなんです～。相談にのってもらったり、のってあげたりしてて」

「相談……？」

眉根(まゆね)を寄せる純人に、元協力者への義理のつもりなのか井川は隠すことなく教えてくれる。

美術館の企画展を見終わったあと、支倉を食事に誘って「好きなひとがいる」と言われた井川はあっさり受け入れた。まだ素振(すぶ)り段階だったこともあって「残念です～」と軽やかに終わらせて帰ろうとしたら、帰りのバスが同じだった。下手(へた)に気まずくなるよりはと自分から話しかけて普通に世間話をしたのだ。

「そのときに、甥(おい)っこと姪(めい)っこのクリスマスプレゼントに悩んでて……っていう話をしたらアドバイスをしてもらえて。ほら、支倉さんっていわばおもちゃのプロじゃないですか。めちゃくちゃ参考になったんで、またアドバイスしてくださいってお願いしたらＯＫしてもらえたんです。支倉さん、ほんとにやさしくて頼りになりますよね～！」

「そ、そうですね」

はしゃいだ声に同意しながらも、なぜかぎこちなくなってしまった。本気で支倉はやさしくて頼りになると思っているのに。

「それで、支倉からの相談っていうのは……」

「あ、そっちは全然、たいしたことじゃないんです。ちょっとしたモニターっていうか」

「モニター？」

「わたしが可愛いキャラグッズ大好きなのって社内でもわりと知られてますし、日曜に会ったときはニースちゃんのバッグとアクセでフルコーデしてたんで、ユーザーとしての忌憚(きたん)のない意見を聞かせてほしいって言われまして。いま進めているニースちゃんグッズにバレンタイン関係もあるらしいんですけど、わたしそういうイベント大好きなんで、モニターにちょうどよかったみたいです！」

　今週一回目に会ったときに試作品をいくつか渡され、今日はそれらを使った感想を伝えるついでに甥っこ姪っこへのプレゼントのアドバイスを再び仰ぐ予定とのこと。

「あっ、やだもうこんな時間！　すみません、お先に失礼します～！」

「お、お疲れさまでした」

　壁の時計に目をやった井川がぺこりと頭を下げるのに反射的に返して、オフィスチェアの背もたれに体を預けた純人は深いため息をついた。

（……何も違和感はない、はずなんだよな）

井川の秋波を支倉は「好きなひとがいる」ときっぱり断っていた。会っているのも恋愛絡みではなくて仕事が中心、納得のいく理由といえる。

それなのに、ものすごくもやもやする。

気になって仕方ない。できることなら同席したい。自分は無関係だとわかっているのに。

（ていうか、俺は今週全然支倉の顔を見てないんだが……⁉）

これまでも支倉の会議や打ち合わせが昼休憩にかかるときは、別でランチを食べていた。

このところ、ずっと「別々でランチ」だ。

忙しいのかもしれないと思えばこそ、純人は何も言わずにひとりでランチタイムをすごしている。……少しだけ、どういう態度をとったらいいかわからないというのもあるけれど。

告白された日から、支倉とは一度もまともに顔を合わせていないのだ。

(……まあ、そのうちまた誘いにくるだろう)

なんといっても本人が「普通に」接するのがいいと言ったのだ。ランチに誘われたら、できるだけ普通に接するように頑張ろう。

頑張ろうと思っている時点でちょっと無理があるということには気づかずに心に誓ったものの——いつまでたっても、支倉からのランチの誘いはなかった。

(半月以上、たったの一度も昼メシを一緒にできないなんてことがあるか……!?)

告白されたのは月初め、もうとっくに十一月後半だ。

猛然と社員の年末調整のデータを打ち込む純人の眉間には深いシワが寄っている。

いや、忙しいのはわかっている。おもちゃ業界が一年で最も盛り上がるクリスマスが間近に迫っているうえ、来年二月に発売予定の『ニース絵日記』二巻の刊行に合わせたグッズ作りが大詰めに入っているのだ。企画デザイン部が多忙を極めていることくらい理解しているし、むしろ栄養ドリンクでも差し入れてやりたいくらいだ。

が、純人とはランチの時間をまったくとれないのに、終業後、ときどき支倉が井川と会っているのが解せないのだ。

モニターから意見を聞くという仕事だとしても、十分なり二十分なり時間をつくれるなら、純人とちょっと会って昼にコンビニのおにぎりを一緒に食べるくらいできるはずだ。

こっちだってこの時期は年末調整や決算処理やらで忙しいが、昼食なり夕食なりに誘われたら快く付き合うつもりでいるし、それくらいの時間はつくれる。

(「普通」がいいって言ったくせに……!)

いらいらと顔を険しくしていても、純人のキーボードを打つスピードは安定している。長年やってきた作業はいちいち脳みそを通さなくてもできるから、この手の入力作業なら考えごとをしながらでも完璧にこなせてしまうのだ。

それが仇となって、支倉のことばかり考えてしまう。

こっちは気になって仕方なくて、社員の出勤状況が表示される社内用情報共有サイトを毎日チェックしているというのに、やつときたら全然経理部まで顔を見せない。用事もなく経理部に来るはずがないのはわかっているけれど、それはそれだ。というか、メッセージアプリにも一切連絡がない。こっちからもしていないからお互いさまとはいえ、これまでこまめに連絡をくれる男だったからどうしても不満を覚えてしまう。

たまに遠くから見かける支倉は、何も変わっていない。

同僚たちとほがらかに笑って、忙しそうに働いて、颯爽としていてお洒落。ファッションにコートとマフラーが追加されたくらいだ。

遠目に見たら、純人もこれまでと変わりなく見えるだろう。

でも、気持ちのうえではずっと波立っている。そわそわして、いらいらして、落ち着かない。

支倉の「普通がいい」を信じて、そのうち普通に戻るだろうと待っているけれど――。

ぱちん、とふいに目の前でシャボン玉が割れるような感覚があった。

（……支倉にとっての「普通」って、もしかしていまの状態か……？）

ただの会社の同僚。一緒にランチに行ったり、夕飯を食べたりすることはなくて、休日に会うこともなくて、仕事上のつながりだけ。年に数回、必要なときに話すだけ。

同じ会社に勤めている社員同士――それも別の部署――の距離感なら、いまの状態はきっと「普通」だ。

それ以上を求めるなら、また別の関係の名前がいるのだ。友人とか……恋人とか。

（あいつ、俺のこと「友人」ですらなくしたってことかよ……！）

カッとなるものの、自分が支倉の恋愛対象であるということを思い出したら怒りは急速にしぼんでいった。

「好きな相手とただの友達でい続ける」というのは、純人には想像しかできないけれど、大変なことのような気がする。それも、相手が自分の気持ちを知っていて受け入れる気がない場合は、なおさら。

（……俺が、支倉に友達でいろって強要することはできないんだよな）

純人にとって彼がどんなに得難い友人であったとしても、支倉のほうにその気がなければ友情は成り立たない。

（俺もあいつを好きなら、そばにいてくれるんだろうか……）

ふと思いついた内容にぎょっとして、否定するようにかぶりを振った。そんなことはありえない。いくら支倉が同性を好きになれるタイプでも、自分は違う。

女性と結婚して、両親のような家庭をつくる。それが幼いころから純人が思い描いてきた未来だ。それ以外は想像したこともない。

一方、支倉の選択肢は広い。

（……いまみたいに井川さんと会っているうちに、好きになることもあるんだろうか）

それは嫌だ、と間髪を容れずに思った。

女性である井川さんが相手なら、支倉と自分という組み合わせと違ってその関係は現在の日本において文句なく「普通」だし、ビジュアル的にもお似合いだ。

だけど、想像したくない。ふたりが付き合いだしたらと思うだけで苦しくなる。

支倉がほかの誰かのものになるのはどうしても嫌だ。それが女性でも、男性でも。

そこまではわかるのに、どうしてかという理由については純人はまだ深く考えることができずにいた。

6

十二月に入った週末、純人はひさしぶりに実家に帰った。

十月末にあった学生剣道優勝大会で弟の大学が勝利したのに加え、現在警官をやっている兄が十一月に開催された全国大会で個人優勝したため、家族全員の都合がつく十二月の吉日に合同祝勝会をすることになったからだ。お祝いとしては少々遅いけれど、母親によると一足早いクリスマスパーティという意味もあるらしい。

「おめでとう、直士。さすがだな」

「ありがとう純兄。お祝いのレア大吟醸マジでうれしい」

お祝いの一升瓶を大事に抱えた弟がにっこりすると、兄の信吾がツッコミを入れる。

「そっちかよ。それ、俺にもあとで飲ませろよ」

「え～、やだよ。信兄、水みたいに酒飲むじゃん。もったいない」

「ケチくさいこと言うな。俺が練習に付き合ってやったから勝てたようなもんだろ。半分は寄越せ」

「ひっでえ。可愛い弟からカツアゲする気かよ。助けて純兄～」

自分より大柄な弟が背中に隠れようとするから、苦笑しつつもかばってやった。

「兄貴、これは直士のお祝いにやったやつだから。ていうか、兄貴にも前に飲んでみたいって言ってた焼酎をお祝いにやったじゃん」

「かーっ、純人はいっつもクールだよなあ。あんま大人げない真似するなよな」

「警察官が言っちゃいけないセリフ……！」

「いまの俺はただのウワバミだ」

「ウワバミって蛇じゃん」

「酒好きって意味だよ！」

「わかってるし～」

純人を囲んで追いかけっこを始めた兄と弟は、ふたりとも百八十センチオーバーの長身で、鍛錬されたがっちり体形をしている。顔立ちは両親の遺伝子ミックス度が父親寄りのいかつめが兄、母親寄りのそこそこイケメンが弟。

この中で純人のビジュアルは異質だ。平均的身長で細身、母親似の美人顔。剣道もドクターストップがかかって趣味程度にしかできないし、仕事もインドアな経理である。

かつては兄と弟にコンプレックスを感じていたけれど、ないものねだりをしてうじうじするなんて男らしくないし、いまは自分を受け入れている。鷹揚な兄と屈託のない弟といるのは気楽で、兄弟仲はいいほうだ。

　ドタバタやっていたふたりの足音が響いたのか、台所から「走り回るのはお外でなさいね」と母親のやさしくも厳しい声が響いた。

「よーし、酒を飲む権利を賭けて一本勝負するか」

「俺が純兄にもらったお祝いなのに……!?　まあいいや。勝てばいいし」

「お、言ったな。純人、審判してくれ」

「わかった」

　母屋から廊下で繋がっている剣道場へと移動して、入口で一礼してから中に入る。古いけれど手入れの行き届いた道場内は、いつ来ても乾いた独特の匂いがする。

　なつかしさと、このところ胸にわだかまるもやもやを発散したい気持ちが深く考える間もなく呟きになった。

「俺も、ひさしぶりにやろうかな……」

「おっ、いいな！　やろうぜ」

「兄弟決戦だ～！」

　熱烈に食いつかれて少しひるんだけれど、目を爛々とさせているふたりは剣道を愛する剣道バカで、一試合でも多く戦いたい派なのだ。

　いまさら撤回もできず、本当に参戦することになった。とはいえ、現役バリバリのふたりに張り合えるわけがないから勝負のあとの練習に付き合うだけだ。

　置きっぱなしにしていたにもかかわらず、防具はちゃんと手入れされていた。……きっと母親だ。

　以前は何も思わなかった。でもいまは、防具を傷(いた)ませないようにときどき手入れして、すぐに使える状態をキープしてくれているすごさがわかる。本人には必要のないものなのに心を配り、時間を使ってくれているのだ。

　自分以外の視点を想像できるようになると、世界が広がり、解像度が上がる。ふいにそのことを実感した。

　お酒を賭けた一本勝負は、兄も弟も一歩も引かなかった。試合スタイルが似ているふたりは相手の攻撃の予測がつくのかギリギリで躱(かわ)し、隙を見逃さずに鋭く打ちこんでゆく。見ているだけでアドレナリンが出て手に力が入った。

　名勝負の末に、引き胴(どう)で兄が勝った。面をはずした弟が汗だくの顔をしかめる。

「俺の大吟醸……」

　負けた第一声がそれなのか、と呆れていたら、仁王立ちの兄が高笑いした。

「はっはっは、いい勝負だった。強くなったな、直士！　お祝いに、俺のとっておきの泡盛(あわもり)をくれてやる」

「えっ、あの波照間島(はてるまじま)のやつ⁉　幻の泡盛っていう……⁉」

「うむ。ありがたく思えよ」

「うん、ありがとう信兄！」

「……ていうか兄貴、最初からお祝いにあげるつもりだったんじゃないの？なのに俺があげた日本酒を直士が喜んでいるから、出しづらくなったとか……」

「そっ、そんなことはない！」

面をしているから表情は見えないものの、明らかに動揺している時点でビンゴだ。

「負けてたら格好悪いことになってたし、勝ててよかったよな」

「俺は負けない！　負けたと思ったときが負けなんだ」

「いいこと言ってる風だけど、試合には勝敗あるから。なあ、直士」

「うまい酒が飲めれば俺はどっちでも〜」

ご機嫌な弟は幻の酒にすでに思いを馳せてうっとりしている。ここにもウワバミ。ウワバミ
勝負が終わったところで、純人も交えて試合形式の打ち合いをすることになった。

一号と二号が剣士の顔に戻る。

「信兄の戦い方は俺と似てるけど、純兄は全然違うスタイルで強いから勉強になるんだよね」

ささくれが出た竹刀を予備のものに替えながらの弟の言葉に純人は苦笑する。

「俺が強かったのは十年以上前だろ。もうずっと素振りくらいしかしてないし、なまってる自信がある」

「そんな自信は捨てろ。おまえはやれる男だ、純人！」

熱血警察官の兄の応援を受け、「押忍（おす）！」と気合が入った。

ひさしぶりの立ち合いは自分の衰（おとろ）えを感じたものの、思いのほか楽しかった。体を動かして汗をかき、声を出すことでストレスが発散される。負けるのは悔（くや）しいが、兄も弟もおそろしく強いぶん勝つと高揚（こうよう）する。

しかし、一時間もしたら兄と弟が明らかに手加減を始めた。気づかないほど腕がにぶっているわけじゃない純人はむっとする。

「おい、手加減するな。俺に失礼だろう」

「いや、でも純兄……、足……」

「あまり負担をかけるのはよくないんだろう？　そろそろ休んだほうがいいんじゃないか」

「まだ平気だ。だいたい、……っ」

自分の体のことは自分がいちばんわかっている、と言いかけて声が途切れた。脳裏に、自分と支倉（はせくら）が風邪をひいた週末がよぎったせいだ。

心配してくれる支倉の注意を聞かずにまんまと風邪をひいたし、純人に風邪をうつされた支倉がベッドで休もうとしなかったときは気になって仕方がなかった。

（……うむ、自分を過信するのはよくないし、不調を抱えた人が無理をしようとすれば気になるのは仕方ないよな）

これまでは「そろそろ休め」と言われるたびに悔しかったし、疎外感を覚えてきた。そんな気分になるのが嫌で、いつしか道場から足が遠のいた。

でも、兄も弟も仲間はずれにしたいとか、憐れんでいるわけではないのだ。腱を断裂するほど無理をした実績（？）がある純人を、ただ心配してくれているだけ。

ひとつ息をついて、純人は面を取った。

「わかった。今日は終わりにする。……また今度、付き合ってくれ」

「もちろん！」

「いつでも」

親指を立てて弟と兄が返してくれた。

汗だくの体をシャワーで流し、さっぱりした純人はおいしそうな匂いにつられて台所へと向かった。

のぞきこむと、和服に割烹着姿の母親が忙しそうに立ち働いている。純人にとっては見慣れた、けれども世間一般的には「タイムスリップしたみたい」と言われる姿。

兄と弟のお祝いのために母親はせっせとご馳走を作っている。同時進行でいくつも調理できるのはさすがだ。

これまで「男子厨房に入らず」が当たり前だと思っていたし、調理中は邪魔をしないように近づかなかったけれど、小さく深呼吸してから純人は声をかけた。

つ台所の中に入った。

「母さん、俺も何か手伝おうか」

「あら、純人さん。どうしたの？　あなたがそんなことを言うなんて」

目を丸くしている母親は驚いてはいるものの、拒んでいる感じではない。内心でほっとしつつ台所の中に入った。

「近ごろは、男でも料理ができたほうがいいらしいので」

「そうねえ、そのほうが安心するわね」

「安心？」

「コンビニのごはんや外食ばかりだと、お金のことや栄養面に偏りがないか心配になるし、道場の生徒さんの保護者さんたちのお話を聞いていると『奥さんにすべてやってもらうのを当たり前だと思う男性』はいやがられるらしいもの。わたしは家事全般と家族が趣味だから特に文句はないのだけれど、激レアさんらしいのよね」

予想以上に現代の感覚についていっている母親にぽかんとする。よもや「激レア」などという単語を、大和撫子を地でいくアラフィフの母親の口から聞くことになろうとは。

固まっている間にも母親はテキパキと手を動かしながら続けた。

「純人さんも、子どものころみたいに『お母さんみたいな人と結婚する』なんて言ってちゃ駄目よ？　あれは本当に可愛らしかったけれど、あなたの結婚相手はあなたの人生の伴侶であって、お母さんじゃないんだから」

「……肝に銘じます」

結婚したい相手は特におらず、恋愛沙汰といえば最近同性に告白されたのが唯一かつ衝撃の大事件だったというのは置いておいて神妙に返す。

唐揚げを揚げるのを手伝うことになり、純人は母親に習いながら下味のついた鶏肉に粉をまぶし、余分な粉を落としてから油におそるおそる投入した。

揚げ物は油がぴちぴちはねるのがけっこう怖いが、そんな情けないことは男として口が裂けても言えない。平気な顔を装ってどんどん投入していたらストップがかかった。

「あんまり一度に入れたら駄目よ？　油の温度が下がってしまうから」

「……何個までなら入れていい？」

「お肉が油の中をほどよく泳げるくらい」

（わからん……！）

唐揚げが泳いでいる姿もうまく想像できない。支倉ならきっとファンシーかつラブリーなイメージを喚起できるのだろうが……と思った直後、もうこんなくだらない話をすることもないのだろうと気づいてしくりと胸が痛んだ。

「普通」の付き合いはつまらない。会社の同僚として仕事絡みでたまに会うだけ、話すだけなんて。

自分はもっと支倉といたいのだ。支倉ともっと……と思いかけて、小さくかぶりを振る。

もっとなんてありえない。あいつは男で、自分も男だ。

でも、支倉は男同士でも恋愛対象になるのだ。自分は……自分は？

「純人さん、そろそろ出さないと焦げちゃうわ」

「あっ、は、はい……っ」

母親のやわらかな声に注意を引き戻されて、慌てて唐揚げを油から引き上げる。下味に何が入っているかはわからないが、めちゃくちゃおいしそうな匂いがする。母親の唐揚げは絶品で、高校時代、支倉に「いっこちょうだい」とよく勝手に弁当のおかず交換をされていた。

（また……！）

何をしていても、何を見ても、支倉のことばかり思い出してしまう。会えなくても頭の中に支倉が住んでいるみたいに。こんなのはまるで……。

頭に浮かびかけている単語を振り払うようにぶんぶんとかぶりを振ったら、「揚げ物をしているときに危ないわよ」と叱られてしまった。

「すみません……」

再び粉をまぶした鶏肉を慎重に油に入れていたら、すり鉢で胡麻とピーナッツをすり潰していた母親がことりと首をかしげる。

「なにか気になることがあるのね？　あなたを変えたひとのことかしら」

「……っな、んで……っ」

「あら、当たったの？　鎌もかけてみるものねえ」

うふふ、と笑った母親が興味津々な目を向けてきた。

「どんな方？　もうお付き合いしているのかしら」

「……やさしいやつです。でも、付き合ったりはしてません。ていうか、俺は……どうしたらいいかわからなくて……」

「……どういうことかしら？」

「俺は、そいつといるのが楽しいし、一生いても飽きないだろうなって思ってます。でも……」

言いよどむと母親があとを引き受ける。

「お相手は、純人さんと同じ気持ちじゃないってこと？」

「いえ、俺が相手と同じ気持ちじゃないんです」

「……よくわからないわねえ。いまの言い方だと、お相手はあなたを好きになってくださったの？」

頷くと、母親がことりと首をかしげる。

「それなら、特に問題はないように思えるのだけれど。あなたもお相手を憎からず思っているように聞こえたわよ？」

「……それはたぶん、そうです。でも……」

「でもばっかりねえ。潔さを大事にしている純人さんらしくもない」

ふふ、と笑われて、答えられずにうつむく。

自分でもわかっている。

いまの自分は全然潔くないし、男らしくない。

わかりかけているのに聞こえないふりをして、見えないふりをして、そのくせうじうじしている。どうしたいかを突き詰めて考えられずにいる。認めるのが怖くて。

男性だろうが女性だろうが家事能力に差はない、と理解して認めることはできたけれど、剣道をできなくなった反動で男らしさにこだわってきた純人にとって、認めづらい価値観はある。それが二の足を踏ませる。

ここまでわかっているのに。

じゅわじゅわと揚がる唐揚げを眺めて無言になっていたら、いつの間にか母親は春菊と大根の胡麻ピーナッツ和えを作り終えていた。今度は炊きたてのごはんを大きな木の桶に広げ、寿司酢をふりかけてから団扇で扇ぎつつ混ぜ始める。量があるから意外と豪快な調理っぷりだ。

「……男らしさって、なんだろうな……」

「あらやだ、お母さん、そんなに格好よかった？」

ぽつりと漏れたひとりごとに、手を止めずに母親がおどけた顔をして見せた。台所は彼女のテリトリーだからか、普段父親といるときには見られない姿や発言が飛び出してくる。一言でいうと、大和撫子がおきゃんになっている。

こんな可愛い面があるひとだったんだな、と無意識に頬をゆるめて純人は頷いた。

「食卓に並ぶ料理からは想像もつかない力強さで、びっくりした」

「お料理ってけっこう腕力がいるのよ。お魚を捌くときには血や内臓もさわるし、パンを作るときは力いっぱいパンチしてストレス発散したりするし、厨房の中って、詳しくご存じない方が勝手に想像しているよりはワイルドだと思うわ」

魚のくだりでぎょっとしたものの、たしかにパックの切り身じゃない限り避けられない工程だ。そして、切り身で買うより魚を捌けるほうが料理上手で家庭的……要するに女らしいイメージがある。「血や内臓が苦手な女らしさ」とは矛盾しているのに。

「男らしさとか女らしさとか、ほんとよくわかんないな……」

「そうねえ、なんとなくのイメージだものね。それにいまは、そういう分け方をするのは古くさいんでしょう」

う、と言葉に詰まる。門下生やその保護者たち、ご近所さんとよくおしゃべりしている社交家なせいか、古風な見た目とはうらはらに母親のほうが純人よりはるかに現代的だ。

出来あがった酢飯を手際よく巻き寿司にしながら母親が聞いてきた。

「純人さんは高校生くらいから『男らしさ』にずいぶんこだわるようになったわよね。思春期だったし、お母さんに似て美人に生まれたせいでいろいろあるのかしらと思っていたのだけれど、いまだに悩んでいるのはどうしてかしら?」

「……俺もよくわかんないんだけど。なんか最近、もやもやしてて」

自分の気持ちを明かしたり、相談したりするのを格好悪いと思ってきた純人は、母親にこんな話をしたことがなかった。けれどもいま、台所でお互いに料理をしながら話していると不思議に素直になれた。お互いの注意が手許に向いていることで、警戒心や不要なプライドがゆるんだのかもしれない。

「よくわからないのなら、原点に返ってみるのがいいかもしれないわね。純人さん、あなたにとっての『男らしさ』って何かしら?」

「俺にとっての……」

体格がよくて心身ともに剛健であること、強さで弱いものを守れること、どっしりと落ち着いていて頼りになること、硬派で苦味走っていること。

「……父さん、だと思う」

「あら」

「父さんって、男らしさだけでできてる気がする。惰弱(だじゃく)さと無縁っていうか」

「あらあら。お父さんが聞いたら喜ぶわねえ。それとも照れちゃうかしら」

うふふ、と母親が笑うけれど、父親が喜んでいる姿も照れている姿も純人にはうまく想像できない。

威風堂々を人型にしたような父親は、いつも落ち着いていて表情があまり変わらない。笑うときも唇の端を少し持ち上げるだけだ。

渋くて格好よくて強い、同じ部屋にいるだけでぴしりと背筋が伸びるような威厳あふれる自慢の父親。尊敬する剣道の師匠。男の中の男。

母親がにっこりした。

「あなたたちの前では見せないお父さんのお顔を、お母さんは知ってるの。お父さんは格好いいだけじゃなくて、可愛いところもあるのよ」

「……可愛い？　父さんが？」

ありえない、とかぶりを振る。父親に「カワイイ」要素があるのなら、金剛力士像のほうがよっぽどお洒落でカワイイ。

「やあねえ、自分が見ているのは相手のほんの一部なのよ？　誰だって十一面観音さまもびっくりのたくさんの顔をもってるんだから。相手に合わせて出す面を変えているのが普通なの」

「そんなの……、潔くない」

誰にでも真っ直ぐに、同じ対応をすべきだという気持ちから出た言葉に母親は十本目の巻き寿司を仕上げながら柳眉を上げる。

「潔さってなあに？　何も考えずに我を通すことなの？」

「まさか」

「状況や相手のことを考えずに、常に同じ自分を出すってそういうことじゃない？　少し考えてみてほしいの。純人さんだって、家族の中でお母さんに対するのと、お父さんに対するのと、信吾さんや直士さんに対するのと、親戚の方に対するのでは、それぞれ態度が違うでしょう？　関係が違うんだから当たり前のことなのよ」

具体例を挙げられて、やっと納得できた。

家族と会社の同僚ではまた違う態度になるし、知り合いと友達でも違う。友達の中でも特別な相手だからこそ見せられる面を自分でも最近知った。

「お父さんの可愛いところ、ちょっとだけおすそわけしてあげましょうか」

「え……」

「冷凍庫を開けてみてごらんなさい」

唐揚げを揚げ終わったタイミングで母親にいたずらっぽく促されて、戸惑いながらも純人は冷凍庫を開ける。

綺麗に整理整頓されている庫内には、実家らしからぬものが入っていた。

大量のアイスクリームだ。ファミリーサイズの各種箱入り、ソフトクリームタイプ、ひとくちサイズの個包装。大きな冷凍庫の三分の一ほどを占めている。

「ぜんぶお父さんのよ」

「は……!?」

純人が知る父親は甘いものをめったに食べない。付き合いなどで少し口にすることはあっても好んでいる様子はなかった。なのに、これはいったい。

「ただの甘味とアイスクリームは別物なんですって。ちなみにお気に入りはいちごチョコレートミックスのソフトクリームで、ここぞというときのために普段はとってあるの。食べてるときは幸せそうないい笑顔よ」

「嘘だろ……」

渋い強面（こわもて）の父親が、見た目も可愛らしいソフトクリームをぺろぺろしながらにこにこしているなんて純人の脳みそでは想像の限界を超えている。実際に見てもＣＧだと思う自信がある。それくらい似合わないし、イメージじゃない。

いや、たしかに甘いものはおいしいし、似合うだの似合わないだのとイメージを押し付けるのがくだらないことだと理解できるようになったものの、それでもやっぱりあの格好いい父親が……という気分にはなる。

呆然としていたら、巻き寿司を作り終えた母親が大根をおろしながら聞いてきた。

「お父さんにがっかりした？」

「…………いや。驚いたけど」

でも、それだけだ。イメージと違ってもがっかりはしていない。半信半疑の気分は残っているけれど、本当なら――母親がこんな嘘をつくとも思えないから本当だろう――、ずっと遠い目標だと思っていた父親にちょっと親近感が湧いた。

「でしょう？　表に出てくる一部なんかじゃ、人間の本質は損なわれないの」

「……本質……」

繰り返して、すとん、と何かが腑に落ちた。

表面上のイメージに囚われていては見えないもの。

色眼鏡のせいで受け止められないもの。

意固地になって認められないもの。

かつて「男らしさ」にこだわりすぎて、純人は逆に潔くない真似をした。ものすごく後悔した。

同じ過ちを繰り返すわけにはいかないのに、また無用のこだわりで目が曇っていた。

本質をまっすぐに見つめたら、答えはシンプルだったのに。

（……俺は、誰よりも支倉が好きだ）

男同士だけれど、その前にひとりの人間として。

彼という存在を、とても、とても好きだと――友情では収まりきれないくらいに好きだと、やっと認められた。

認めたら、目の前の霧が晴れたようにすっきりした気分になった。

「……『男らしさ』なんて、そもそもないんだよな」

ぽつりとこぼれた声に、母親は微笑むだけで何も言わない。でも、頷いてもらわなくてもよかった。もう迷わないから。

ずっと「男らしさ」にこだわってきたけれど、それがどういうものか本質についてはわかっていなかった。気づかないうちに世間から刷り込まれたイメージで「男らしい」「女らしい」を分けていただけだ。

もし凛々(りり)しく、強くあることを「男らしい」とするのなら、見た目や立場じゃなくて精神であるべきだ。

嘘をつかないこと、相手を認めて尊重すること、自分に責任をもつこと。

そしてそれらは、男らしさや女らしさなど関係なく、ごく普通に「人間としての品格」だ。

性別は身体に表れた違いというだけで、人間の本質に性差なんてない。環境が意識にいろいろな考えを「常識」として刷り込んでいるだけなのだ。

「……母さん、俺、がんばってみる」

「何をがんばるのか聞きたいところだけれど、いまは応援だけしておくわね。……純人さんを変えた方には、いつか会わせてもらえるのかしら」

微笑みながらの母親の問いに、純人はしっかりと頷く。

「驚かせてしまうかもしれない相手だけど……」

「純人さんがその方への想いに胸を張れるのなら、どんな相手でもお母さんは歓迎するし、応援するわ」

包容力あふれる発言はすでに何か察しているような気がしたけれど、それはそれでありがたい。普段は父親に笑顔で従っている母親だけれど、なんだかんだで父親は母親の意向をなによりも大事にしているから実質的には母親が陰の天下人なのだ。

(早く支倉に会って、話したい)

逸る気持ちはあってもいまは週末、今夜は祝勝会だ。

週明けを心待ちにしながら、純人は母親を手伝って巻き寿司を皿に盛り始めた。

7

待ちに待った週明け、すぐにでも支倉と話したいという純人の願いは叶わなかった。

クリスマス商戦に向けてのあれこれは売り場や工場などの現場にあとを任せるだけになっていても、支倉がデザインを担当しているキャラグッズの原作である『ニース絵日記』の二巻発売に合わせた企画の作業はまさにいまが山場だからだ。

支倉は各所との打ち合わせや工場に出向いての調整、トラブル対処で社外に出ていることが多く、社内にいてもミーティングやサンプルチェックなどで見るからに忙しそうにしていた。残業も増えていて、「話したいことがあるんだけど」なんて、とてもじゃないけれど気軽に言える状況じゃない。

(外部監査が入る寸前の経理部員みたいな気分なのかもしれないな)

自分なりに理解して、純人は彼の仕事が一段落するのを待つことにした。たぶん、『ニース絵日記』の二巻が発売される少し前――年明けの一月末ごろには落ち着いているだろう。

そう思っていたのに。

「支倉さん、いま手掛けてるニースちゃんの企画が終わったら海外に行くらしいですね。一月末には日本にいないって噂があるんですけど、吉野さん何か聞いてます？」

「……は」

井川の発言は寝耳に水すぎて、とっさに理解できなかった。

現在十二月半ばすぎ、年明けまであと二週間もない。それなのに、一月末には日本にいないとは。

ぽかんとしている純人に井川が意外そうに目を瞬いた。

「あれ？　何も聞いてないです？」

「……ない、です」

「そういえば吉野さんたち、最近一緒にランチに行ってないですもんね。企画デザイン部はめちゃくちゃ忙しそうですし、経理部もこの時期は余裕がないですし、年末ってほんと……」

勝手に納得してくれている井川の言葉はまだ続きそうだったけれど、悠長に聞いていられなかった。

「あの、海外って、どこへ……？」

「ドイツかデンマークだと思います。うち、海外にも支社がありますし、向こうのメーカーさんと共同開発もしてるじゃないですか。日本ってユニバーサルデザインの面でちょっと遅れてるから、若手のホープを何人かあっちにやってしばらく勉強させようってことになったみたいです。そのなかのひとりが支倉さんらしくて」

「……そう、ですか」

ドイツにしろデンマークにしろ、遠い。遠すぎる。

海外に行ってしまえば、気軽に言葉を交わせなくなるだろうし、お昼を一緒に食べに行くなんて不可能だし、偶然姿を見かけることすらなくなる。

プライベートどころか、仕事でさえきっとつながりが途切れてしまう。

言いようのない焦燥感に襲われた。

このままだと、また高校時代の二の舞になるんじゃないだろうか。ろくに話せないまま疎遠になったら、やっと自覚できた恋情どころか友情すら存続の危機だ。

（そうはさせるか……！）

自慢じゃないがこっちはやっと自覚した恋心だ。それも、よく考えてみたらたぶん高校生のころから支倉だけが特別だった。

筋金入りの初恋、自然消滅なんてことにはさせない。というか。

（支倉に好きだって言われてるんだから、俺たち、りょ、両想いってやつじゃないのか……？）

慣れない単語にじんわり顔が熱くなった。

が、油断は禁物だ。

なんといっても支倉に告白してもらったのは半月以上前である。しかも、やつは性別にこだわらずに人を好きになれるのだ。

男も女も好きになれるということは恋愛対象も二倍、いつまでも自分を好きでいてくれるなんて思っていたら駄目だ。

(待ってろよ、支倉……!)

剣道でも、守りより素早い攻めが得意だった。過去と同じ過ちを繰り返さないためにも、純人は早急に万全の体制を整えて支倉を攻めに行こうと心に決めた。


一週間後、クリスマス目前の金曜日。

退勤をつけたあと、純人は社内ネットワークの出退勤一覧をたびたびチェックしながら急ぎではない仕事を進めていた。いわゆるサービス残業だけれど、支倉が帰るまで待っている間の暇(ひま)つぶしみたいなものだ。

今日こそ、支倉を捕まえて話をするつもりだった。

井川に探りを入れたところ、企画デザイン部は最大の山場を乗り越えたところらしい。実際に出退勤一覧を見ると多くの社員が今日はもう帰っている。

(まだ帰らないのか……)

時計はもうすぐ八時。監査前などでがっつり残業するときは十時を越えることもままあるけれど、現在経理部には純人を除くと部長しかいない。

これ以上残っているわけにも……と思っていたら、追い打ちをかけるように部長が片付けを始めた。

「吉野さん、まだ終わらない？」

「いえっ、終わりました。私も帰ります」

大急ぎでデスクの上を片付けてパソコンの電源を落とし、帰る準備をする。

結局今日も支倉とは話せずじまいか……とがっかりしながら部長とエレベーターに乗り込んだ純人は、はっと思いついて企画デザイン部がある階のボタンを押した。

「あれっ、そこでおりるの？」

「はい。少し所用で。お疲れさまでした」

「はーい、おつかれ〜。楽しい週末をね」

「ぶ、部長さんも」

もらい慣れないフレーズにちょっと噛みながらも返して、エレベーターを出て企画デザイン部を目指す。

入社以来、他部署を見て回る機会がなかった純人にとってほかのフロアは新鮮だった。

天井（てんじょう）の高い、広々としたぶち抜きの空間は壁で仕切られておらず、パーティションや棚などでゆるくミーティングコーナーや部署が分かれている。あちこちにクリスマス用のグッズサンプルが飾られていて、職場とは思えないファンシーさと華（はな）やかさにあふれていた。おもちゃ売り場というには雑然としているけれど、電飾とクリスマスソングがあったら雰囲気は似せられそうだ。

ぐるっとフロア全体を見回したら、吸い寄せられるようにひとりの社員に視線を奪われた。こちらに背を向けて、二台のパソコンを使って作業をしている。

顔は見えないけれど、確信した。——支倉だ。

（そういや、昔から俺は支倉をすぐに見つけられるんだよな）

どんなにたくさんの人がいても、体の一部だけでも、「あ、支倉だ」とわかるのだ。似ている人を見つけるのも、それが別人だと気づくのも一瞬でできた。

不思議だったのだけれど、いまならわかる。

彼のことをよく見て、その姿かたちをクリアに記憶しているから、一瞬で「支倉か、それ以外か」の判別ができていたのだ。要するに、支倉限定の間違い探し能力。

高校のころから彼が好きだった証拠みたいな能力は照れくさいものの、いまは助かった。純人は迷いなく後ろ姿でも目を離せなくなる人物を目指して歩き出す。

近づくにつれて心臓が落ち着かなくなってきた。緊張で手に汗がにじむ。

（落ち着け、落ち着け……、ただ話すだけだ）

自分に言い聞かせながら、ひそやかに腹式呼吸を繰り返して精神の安定を図る。

あと数メートル。無意識に足音を忍ばせていたにもかかわらず、気配を感じたかのように彼がふと振り返った。

「吉野……⁉」

「お、おう。俺だ。まだ帰らないのか？」

ちょっとだけ声が裏返ってしまったものの、なんとか平静を装って返す。

驚いたように目を見開いていた支倉が、一回のまばたきの間に感情を隠して微笑んだ。……ただの同僚に見せる、愛想笑いだ。

「キリがいいところまでやるつもり。吉野こそ、どうしたの？　こんなところに来るなんて初めてだよね」

声も口調もやさしいのに、体はパソコンのほうを向いていることに気持ちがひるみそうになった。おそらく支倉本人は無意識の、純人への拒絶を感じて。

でも、ここまできてすごすご引き返してたまるかと純人は自分を鼓舞する。当たって砕ける覚悟で口を開いた。

「一緒に帰ろう。話がある」

「話……？　今日は遅くなりそうだから、今度にしない？」

「今度っていつだ」

「え……っと、すぐに約束はできないけど、また連絡するよ」

視線をそらしての返事は曖昧だ。予定を調べるそぶりもない。本心では純人と話したくないのだ。

今度こそ心が折れそうになったものの、踏ん張った。友情も恋情も自然消滅などさせない。終わりにするにしろきちんと引導を渡してもらわないと、過去の経験から一生引きずるのは目に見えている。

じっと支倉を見つめて、勝負の面を打ちこむ気持ちで言葉を発した。

「俺はどうしても今日、支倉と話したい。さいわい明日は休みだし、おまえの仕事が終わるまで待ってる」

純人の表情で本気を理解したのか、彼が小さく嘆息した。

「……わかったよ。あと十分で片付けるから待ってて」

「十分で足りるか？　俺が勝手に待ってるだけだから、気を遣わなくてもいいんだぞ」

忙しいのに圧力をかけてしまった、と心配する純人に支倉が横顔で苦笑する。

「大丈夫だよ。なんか家に帰る気がしなくて前倒しでやってた仕事だから」

そうか、とほっとしたものの、やはりさっきの「遅くなりそう」は方便だったのだ。そんな気はしていたものの、一緒にいたくない、話したくないと思われていたのを実感したら、内心で落ち込んだ。

（……俺のこと、好きだと言ったくせに）

心変わりが早いんじゃないか？　と詰め寄りたくなるものの、恋心を自覚した身にそんな勇気はなかった。嫌われたり、鬱陶しいと思われたりしたくないという気持ちが先に立つ。
自分の弱さを不甲斐なく思うものの、帰り支度をしているうちにふと気づいた。

もしかしたら、支倉も同じなんじゃないだろうか。

相手から「好き」と言ってもらっていても、自分の心の内を見せるのはこんなに不安なのだ。
あのときの支倉はどんな気持ちだったのだろう。
いま、純人と向き合いたくないと思っているのは、傷つけられたくないからなんじゃないだろうか。心のいちばんやわらかい場所を差し出して、拒まれたり、笑われたり、踏みつけにされたりしたら普通なら耐えられない。

純人は受け取れないまま宙ぶらりんにしたから、これからどうなるか支倉はきっと不安なのだ。

何か安心させるようなことを言ってやりたいが、気のきいたセリフなど思いつけないし、そもそも勝手な思い込みかもしれないと思えばこそ言葉が喉に詰まる。

「メシでも食いながら話す？　何がいい？」

マフラーを巻きながら聞かれて、少し考えてから答えた。

「鍋がいい。おまえの家で」

支倉が眉をひそめたのに気づいて、内心でひやりとする。

「駄目か……？」

「……駄目じゃないけど。普通にしてほしいって言ったの俺だけど、全然意識されてないって思い知らされるのもけっこう堪えるね」

後半の低い呟きはマフラーに吸いこまれてよく聞こえなかったものの、まだ家に上げてもらえるくらいには拒絶されていなくてよかった、と純人はほっとする。

支倉のマンションに向かう途中、スーパーで食材の買い出しをした。

何鍋がいいかと聞かれて、純人はこの前と同じ水炊きをリクエストする。

「そんなに気に入ってくれたんだ？」

「ああ。うまかった」

頷くものの、本当はそれだけじゃない。

あの晩ストップしてしまった時間を、純人は支倉とリスタートしたいと思っているのだ。それには同じメニューがふさわしい気がする。

水炊きの調理は、段取りがわかっているぶん今回は少しだけ手際よく手伝えた。ふたりで協力して食材を切ったり煮たりしているうちに、微妙に残っていた緊張がやわらいで「友人」らしい距離感が復活してほっとする。

でも、不十分だ。

支倉の眼差しや声、話す内容、仕草にかすかに遠慮があるのが嫌だった。これくらいが普通の友人なのだとしても、物足りない。

　三十分ほどで水炊きが完成し、ぐつぐつしている鍋を中心にこたつを囲んだ。

「飲む？」

　缶ビールを手にした支倉に聞かれ、かぶりを振る。

「今日はいい」

「そう？　じゃあ俺もやめとくかな」

「べつに俺に付き合わなくてもいいぞ」と言いかけて、口を閉じた。彼がアルコールに強いのは知っているけれど、今夜は純人にとって生まれて初めての告白、勝負のときだ。

　お互いに間違えないためにも素面でいたいし、いてほしい。

　水炊きは今回もおいしかった……はずだけれど、正直、あまり味はわからなかった。緊張のせいだ。

　それでもせっせと野菜や肉をポン酢に浸して口に運び、シメ――今回は雑炊だった――の皿を空にして、後片付けまで終わらせる。

　準備万端になったところで、純人は正座で支倉に向き合った。

「いまから、俺たちについての話をする」

「……うん。わかった」

　支倉も正座した。

試合のときと同じくらい……もしかしたらそれ以上の緊張と不安、動悸を感じながらも、丹田に意識的に力をこめて、純人はまっすぐに支倉の目を見て告げた。

「俺は、支倉を好きだと思う」

綺麗な切れ長の瞳を見開いた支倉が、永遠にも感じられる数秒を経てやっと呟いた。

「なんの冗談……？」

「俺はこんな冗談は言わない」

むっとすると、「だよな」と返したくせに困惑顔で口許を片手で覆い、おかしなものでも見るような目をする。

「支倉、俺の決死の告白にその態度はどうかと思う」

「う、うん、ごめん……、や、でもさ……なんで急に？」

「急じゃない。たぶん俺は、高校のころからおまえのことが好きだった」

顔を半分隠している支倉が息を呑んだ。ホラー映画を観ているような反応はやめてほしいが、こっちも緊張しているから怖い顔になっているのかもしれない。

お互いさまということにして、純人は懸命に言葉を継ぐ。

「俺はずっと男らしさにこだわってきたし、両親を理想の夫婦だと思ってきた。だからこそ、誰といるより支倉といるのが楽しくても、ときどきその……心臓の様子がおかしくなったりしても、離れがたい気分になっても、おまえを恋愛対象として見ることなど考えたこともなかった。が、性別を勘定に入れなければおまえしかいないんだ。俺がこんな気分になって、ほかの誰かに渡したくないなんて、心が狭いことを思う相手は」

　じりっと膝でにじりよったら、やっぱり口許を手で覆ったまま彼がちょっとのけぞった。鍔迫り合いじゃなく、剣先を嫌って逃げられている感じだ。

　このまま追っていいのか、いったん引いたほうがいいのか、初心者の純人にはわからない。ただ、避けられていることに不安を煽られた。無意識に眉が下がる。

「……もう遅かったか？」

「え」

「支倉は俺のことを好きだと言ってくれただろう。だが、あれはもう半月以上前のことだ。人によっては別れたその日に新たな恋人をつくれるらしいから、俺は遅すぎたか……？」

「まさか！」

　ぶんぶんと支倉がかぶりを振った。ようやく顔半分を隠していた手もはずれる。

「こっちこそ高校のころから好きで、避けられるようになっても全然あきらめることができなくて、会えなくなったあとも、恋人がいるときでさえときどき夢にみるくらい忘れられなかったんだよ⁉」

「いや、それはひどいな。恋人に対して不誠実だろう」

　とっさにツッコミを入れると、「うっ」となったものの少しすねた顔で言い訳する。

「夢ってコントロールできないし、そこは仕方ないじゃん……？　ていうか、俺の吉野への気持ちの強さをわかってほしかったんだけど」

「俺も文倉の夢をときどき見ていたから、強さの点では引き分けだな」

「は」

ぽかんとする文倉、珍しい。そう思った直後にずいっと身を乗り出されて、今度は純人がのけぞった。

「ほんと？　本当に、吉野も俺のことときどきは夢にみてくれてた？」

「あ、ああ……。そんなに食いつくことか？」

「食いつくよ！　夢にみるくらい吉野の心に俺が残ってたってことだもん。はー……、やっとちょっと実感できてきた」

「実感……？」

「吉野が俺のこと好きだと思うって言ってくれたのが、現実かもしれないって」

「現実だが？」

眉根を寄せるのに、文倉は目を閉じて少しかぶりを振る。

「そう簡単に信じるのは難しいって。だって吉野だもん」

「うん……まあ、そうかもな」

自分の恋愛観が古かった自覚はある。益荒男（ますらお）と手弱女（たおやめ）こそ至高、男同士など自分にはありえないと信じきっていた。それが自ら同性に告白である。周回遅れが最先端に飛び出したようなものだ。にわかには信じられなくても仕方がない。

（自分でもいまだに変な感じだもんな）

男同士だと思うと抵抗感というか、なんともいえない違和感のようなものを覚える。だけど、支倉が相手だと「この男しかいらないから受け入れる以外の道は想像できない」のだ。

支倉に女性になってほしいとか、自分が女性になりたいなどとは一切思っていない。

同じ性別であることを受け入れて、特別な関係になることを選びたい。

そう思っていることに気づいたのは本当に最近だし、自覚して認められたのは純人にとってコペルニクス的転回だった。

というようなことを上手に伝えられたらいいのだけれど、恋愛初心者の純人にはハードルがあまりにも高い。照れくささと緊張で脳みそがフリーズを起こす。

それでも支倉にこの気持ちを信じてもらわないと、もっと大事な話ができないから困るのだ。「思う」だの「たぶん」だのついてしまっているのをなくせるかどうかも、その先にかかっている。

やっと目を開けた支倉に、純人は聞いた。

「どうしたら信じられる？」

「え……っと、なんでもリクエスト可？」

「俺にできることなら」

「じゃあ、吉野からキスしてみてくんない？」

ことん、と首をかしげて、半信半疑の口調でものすごい試金石を渡された。心臓が口から飛び出しそうな勢いで跳ねたものの、ごくりと唾と一緒に飲みこんで純人は頷く。

「わ、わかった……っ」

「え、ほんとに⁉」

「本当だ。目を閉じろ」

「開けてたらダメ？」

「な……っ、なんで開けておくんだ。キ……をするときは、閉じているものだろう」

「そうとは限らないよ。吉野は知らないかもしれないけど」

にっこりして返されて、ぐぬぬとなったものの反論はできなかった。硬派を貫いてきた自分がその手のことにうといのはわかっている。

嘆息して、譲歩した。

「せめて薄目にしてくれ。落ち着かない」

「わかった。はい、お願いします」

ふふっと笑った支倉が目を細めて、ちょっと唇を突き出す。美男はキス待ち顔ですら格好よくて可愛いのか、と内心で衝撃を受けつつ、轟く鼓動に震えそうな自分を叱咤してがしっと広い肩に両手を置いた。

「いくぞ！」

宣言して、顔を近づけた。

勢いよくいくつもりだったのに、まつげごしの視線に緊張を煽られて情けなくも速度がだんだん落ちてしまう。最後はぎゅっと目を閉じて、むちゅっと押しつけてからすぐに離した。

「……どうだ？」

「んー……」

ぺろりと唇を舐めた支倉が、そっと純人の頬を手のひらで包みこむ。

「吉野からしてくれたってだけでめちゃくちゃうれしいけど、いまのだと確信はもてないな。どこまで受け入れてくれるか、今度は俺からキスしてもいい？」

離したはずの距離がいつの間にか縮まっていて、吐息が唇にあたる。

それがくすぐったくて、やたらとそわそわして、純人は頷く代わりに自分から残りの距離を詰めた。ぴったり唇同士が密着すると、なんだか安心する。

くすりと、重なっている唇で支倉が笑ったような気がした。

頬にあった手が耳に移り、複雑な形を指先でくすぐるようにたどる。あたたかな手は気持ちいいのに背筋がざわざわする。

「ん……」

小さく漏れた声にかっと顔が熱くなった。とっさに唇をぎゅっと引き結ぶと、やわらかく舐められて濡れた感触にびくっとした。けれども、なだめるように何度も舐められているうちに慣れてくる。なんだか唇がむずむずして、息が苦しい。

は……と無意識に口が少し開いたら、今度は隙間をぬるりと舐められた。ぞくっと背筋に甘い痺れが走る。支倉の肩に置いている手に力が入ると、耳で遊んでいた手が髪へと移った。さらさらと撫でられるとだんだん力が抜けてゆく。

「ん、ん……」

隙間の粘膜をなぞるように、何度も濡れたものが行き来する。少し深く入ってきたり、浅くくすぐったりしながら、徐々に奥へと。

(支倉の舌……、すごいな……)

別の生き物みたいに動いて、純人をあやして感触と存在に慣れさせる。快楽の味わい方をやさしく教える。

ほかの男の舌だったら絶対に無理なのに、支倉のはドキドキして、気持ちよくて、もっとほしくなるのだから不思議だ。口内を明け渡すことに抵抗感を感じないなんて。

ちゅぷ、ぬちゅ、と、気づいたら深く交わり、角度が変わるたびに濡れた音がたつようになっていた。誘う舌に純人も応え、飲みきれなかった唾液が口の端からあふれてしまう。

気づいた支倉がようやくキスをほどき、あごへと伝った雫を舐めとった。

「な……っ!?」

「あ、ごめん、つい。いやだった？」

よしよし、と髪を撫でながら聞かれたら、初心者扱いに少しだけ悔しい気分になる。

「……べつに、いやじゃない」

「よかった。……キスも」

こつん、と額をつけられて、ものすごく近くにうれしそうな端整な顔があってどぎまぎしてしまう。

「ま、まあ、気持ちよかったな。支倉、うまいんだろう」

ぶふっとなぜか噴き出された。

「そっちの『よかった』ももらえてうれしいよ。俺としては、ベロチューも受け入れてもらえてよかったって意味だったんだけど」

「！」

勘違いが恥ずかしすぎてぶわっと顔が熱くなったけれど、さっきのキスでも熱くなっていたからバレないだろう。くっついたままの額をぐりぐりと押し返して純人は叱る。

「そ、そういうのはもっとわかりやすく言え！」

「うん、ごめんごめん」

「ごめんが軽い！」

「反省してます」

くすくす笑いながら支倉がまた純人の髪を撫でる。触れ方がやさしくて気持ちいいから困る。怒っているふりもできなくなってしまう。

「……それで、信じられたのか」

「うん。ありがとう、吉野」

「べ、べつにこれくらい……っ」

「吉野にとって『これくらい』じゃないのはわかってるよ。男相手にキスしてくれたり、キスさせてくれたり、こんなふうにいちゃいちゃさせてくれたりするの、本当ならありえないって思ってるでしょ」

「……ああ。支倉だから、だぞ」

「うん。……すげえうれしい」

にこー、ととろけるように笑った支倉にぎゅうっと抱きしめられた。胸が密着して、布地ごしなのにお互いの高鳴る鼓動が伝わりあって響きあう。

自分だけじゃなくて支倉もすごくドキドキしているのがうれしくて、ほっとした。ぎゅっと抱き返してやる。

「……体勢、きつくない？」

「少しな」

「膝にだっこしていい？」

「は」

何を言ってるんだ、という目を向けると、きゅーん、と甘え鳴きする仔犬のような目で文倉が訴えてくる。

「だって俺、吉野とまだこうしてたいし。俺のほうが体がでかいし重いから、吉野が俺に乗ってくれたほうがいいなーって思うんだけど……、やだ？」

「……いや、では、ない、が……」

「よかったー！　じゃあさっそく」

カタコトになっている純人の複雑な心中になど気づかないのか、よいしょ、と文倉は純人の体に回した腕で抱き上げて、彼の腰をまたぐ形であぐらの膝に抱き上げてしまう。

（くそ、恥ずかしすぎて死にそうだぞこれ……！）

子どものころでさえこんなだっこをされた記憶はない。同い年の男の膝の上にのせられる羞恥たるや、想像以上だ。けれども、文倉がめちゃくちゃうれしそうだから純人は文句をのみこむ。

（好きな男が喜ぶんなら、だっこのひとつやふたつ気にするな俺！）

押忍、と心の中で自分の鼓舞に応えて、深呼吸を繰り返して平常心をなんとか取り戻す。

恥ずかしいと思うから恥ずかしいのだ。心頭滅却すれば火もまた涼し、膝だっこも椅子とさして変わりなしだ。人間を椅子として平気で使えるようになるのは人として問題であるということにはいまは目をつぶる。

「はー……、うれしい……。吉野とこんなことできるなんて夢みたいだ……」

「おおげさだな」

「全然。正直、吉野に好きだって言ったあと、固まってたからまた無視されるようになるかもしれないって覚悟したもん。……本当に無視されたらと思うと怖くて、会いに行けなくなったけど」

「……そうか」

ちくちくと胸が痛む。

過去の自分のふるまいのせいで、支倉にそんな不安を抱かせてしまった。言いたくないというのを無理やり聞き出しただけでも悪いのに、会いに来なくなったことに不満をつのらせていた自分を百叩きの刑に処してやりたい。そもそも自分のせいだったのに。

「すまなかった」

「え、なんで吉野が謝るの？　俺が勝手に落ちてただけなのに」

「不安にさせたのは俺のせいだ」

「……格好いいこと言うね。惚れ直す」

「……っ支倉は、軟派なことを言うな！　反応に困る」

「えー、恋人同士だったらこれくらい普通だよ？　ていうか、そういう反応可愛い」

「可愛い言うな」

「じゃあ愛(いと)おしい」

「～～～っ」

上機嫌な支倉から次々に「有効」確実の攻撃が飛んでくる。もうどう返したらいいのかもわからない。

顔がものすごく熱くなっているから絶対赤くなっている。それも恥ずかしくて純人は広い肩にぼすっと顔をうずめた。

「……可愛い」

よしよしと髪を撫でた支倉が、とろりと甘い声で幸せそうに呟く。脳が煮える気がした。

可愛いなんて言われても男としてうれしくないはずなのに、どうしてだか、支倉の声で自分に向けられると別になる。なんだこれ。どんな魔法を使っているんだ。

伏せた顔を上げられずにいるのに、支倉は機嫌よくずっと髪を撫でている。だんだん慣れてきて、鼓動も落ち着いてきた。

ひとつ息をついて、純人はようやく顔を上げた。

「……来年、海外に行くらしいな」

「ん？　ああ……、うん。知ってたんだ？」

「井川さんに聞いた。驚いたが、栄誉なことなんだろう。おめでとう」

「ん、ありがとう。お土産は何がいい？」

照れたように笑って聞かれて、純人は苦笑する。

「何も。というか、先に俺から餞別をやるべきだろう。何がいい？」

「……吉野ってば、この体勢でそういうこと聞くの、無防備すぎるよ？　もっと警戒しないと」

「何故だ？　支倉と俺はもう、こ、……びとになったんだろう」

「こびと？」

「違う！」

赤くなってにらむと、くすくす笑ってまた髪を撫でられた。

「ごめんごめん、わかってる。こいびと、だよね。恋愛ワードでいちいち照れてくれる吉野が可愛くって」

「可愛くない」

「そうでした、愛しくって」

とっさの反論にやわらかく笑って支倉が言い直す。返事に詰まるけれど、鷹揚な支倉に対して可愛い・可愛くないにこだわる自分が小さく思えて純人は反省した。

「……すまない、俺はまだ妙なところでこだわってしまう」

「いいよ。そういう吉野も愛しいから」

さらりと言ってのける文倉の男前っぷりよ。軟派というか歯が浮きそうなセリフではあるが、見習うべきかもしれない。いまは無理でも、そのうち。……あくまで目標ということで。

言えない言葉の代わりに、純人は話を戻した。自分にとってはこちらも相当勇気が必要だが、逃げる気はない。

「それで、餞別に何が欲しいか言ってみろ」

「ほんとにいいの？」

どこかいたずらっぽく瞳を輝かせている文倉に、純人はしっかり頷く。

「ああ。なんでもやる」

「じゃあ……、吉野」

「わかった。好きにしろ」

勢いよく心臓が跳ねたけれど、男としておどおどしてなるものかと即答して自分から文倉を抱きしめた。直後、「えっ」と動揺の声があがる。

「どうした？」

「どうしたもなにも……、マジで？　なにこれ夢？」

「現実だ」

「じゃあドッキリ……？」

「誰が仕掛けるんだ。というか、さっき、俺の気持ちが本物だって実感したんじゃなかったのか」

　思わず苦笑が漏れると、はっと息を呑んだ支倉にまじまじと見つめられた。

「……なんだ？」

「いや、吉野がそんなふうに笑うの、初めて見たなって思って……」

「そんなふう？」

「なんていうかな……、困ったやつ、っていうのと、しょうがないな、っていうのと、……あと、俺のこと愛しいって言ってるみたいな……」

　そんなにあからさまに顔に出ていたのかと思うと、一気に羞恥心が噴き出した。とっさに支倉の目を両手で隠す。

「ちょ……っ、吉野⁉」

「すまないが、少し待ってくれ。いま、支倉の顔が見られない」

「ええー……、それで俺の目を隠すの、変じゃない？」

「……それもそうだが、とっさに手が出た。すまない」

「まあいいけど……。ていうか『吉野が欲しい』には『好きにしろ』って言ってのけたのに、よくわかんないとこで照れるね。そこも愛しいけど」

「い、愛しい愛しい言いすぎだ」

「仕方ないよ、本心だもん。……俺ね、本当に吉野が好きで、大好きで、愛おしいんだよ」

そっと手首を握られて、彼の目を隠していた手をやさしくどかされる。視線が合った。やわらかなまなざしも、低くて甘い声も、支倉が言ったとおりの感情を伝えてくる。

心臓が壊れそうだ、と思うけれど、どうせ壊れるなら返すべき言葉を返してからにしたいと純人は口を開いた。もう二度と、後悔しないためにも。

「お、れも、支倉が、すき、だ」

つっかえながらも返したら、目を瞬いた支倉がとけるように笑う。

「『思う』がとれたね」

「……とれた。確信、した」

「ほんと？　どこで？」

「……どこかは、俺にもわからない。でもいま、確信できてる。……じゃないと、餞別に、俺をやるなんて言えない」

じわじわと顔だけじゃなく全身が熱くなるのを感じながらも頑張って伝えたら、「あー……もう、吉野が愛しすぎる……」とため息混じりに呟いた支倉にまたぎゅうっと抱きしめられた。体だけじゃなく、心ごと抱きしめられているみたいに胸が甘苦しい。

目を上げた支倉と視線が絡んだ。どちらからともなく、引き合うように唇が触れた。やわらかく重なり、深く交じりあい、言葉を使わずに気持ちを伝えあって交歓する。

いつまでもキスしていたかったのに、途中で支倉が名残惜しげに唇をほどいた。濡れた唇を舐めて、純人の熱くなった頰を親指で撫でる。

「……どこまでしていいの？」

「……好きにしていいって、言った」

「でも吉野、何されるかわかってないよね？　男同士のやり方も知らないだろうし……」

「いや、わかってるし、知ってる」

「は」

「ネットで調べた。準備もしてきた」

「……は!?」

呆然としている支倉に見せようと、純人は自分のバッグからがさごそとビニール袋を取り出した。

「サイズや性能はよくわからなかったから、とりあえず評価の高いものをいくつか買っておいた。これで足りるだろうか」

並べたのは各種コンドーム、潤滑用（じゅんかつよう）のゼリーとローションだ。

「慣らす用の道具もあるようだったが、ネットでもそういうのを買うのはハードルが高くて断念してしまった。支倉が使いたいかどうかもわからなかったし……」

「えっと、ちょっと待って。一回落ち着こう吉野」

「俺は落ち着いているが？」

「うんそうだね、まずは俺が落ち着こう……っていうか落ち着きたいから、これ以上の情報はストップしてくれる？」

混乱しているらしい支倉の頼みに頷いて、口も手も止める。大きく息をついた彼がコンドームの箱をひとつ取り上げて、まじまじと眺めた。

「……真面目な吉野がこういうものを通勤用のバッグに入れていたなんて、衝撃的すぎて一瞬脳みそがフリーズしたけど、よく考えると興奮するね」

「するな。ヘンタイくさいぞ」

「いや、だってあの吉野だよ？　……ていうか、ものすごく基本的な質問していい？」

「なんだ」

「俺の好きにしていいって言ってくれたけど、吉野、どっちのつもりでいる……？」

「どっちとは？」

「抱くほうと、抱かれるほう」

ダイレクトな質問に心臓が跳ねた。

「……男同士の場合、どちらもありうるんだよな」

「うん。ちなみに俺は抱くほうしかやったことないし、吉野のことも抱きたいって思ってるんだけど、吉野がいやなら最後までしなくてもいいって思ってる」

「……待て。抱くほうしかやったことがないってアリなのか」

「え、うん。なんで?」

「男同士ならどっちもできないといけないいんじゃないのか」

真剣に聞くと、少し笑って支倉がかぶりを振る。

「そんなことないよ。お互いの希望が合えば抱く側と抱かれる側に分かれていることもあるし、どっちもやるカップルもいるし、最後までしないカップルもいる。ほかにもいろいろあるよ」

「いろいろ……!?」

「恋愛の仕方っていろいろあるじゃん。男女だけじゃなくて、男同士、女同士もあるように、それぞれにベストな形はカップルの数だけあるんじゃないかなあ。……俺は、吉野とのベストな形を見つけたいと思ってる。ずっと一緒にいたいから」

最後はさらりと付け加えたように聞こえたけれど、純人を見つめている支倉からは緊張が伝わってきた。男同士で付き合うこと自体が純人にとって大ジャンプなのを理解しているからこその確認だ。

ふ、と唇がゆるんだ。

「遠慮しているようで自分の希望をしっかり伝えてくるあたり、支倉って駆け引き上手だよな」

「う……、駆け引きのつもりはなかったけど、全然さわらせてもらえないのはいやなんで、予防線は張りました……」

「まあ、最後までしないんなら受け入れやすいもんな。俺も同じ気持ちだ」

「同じって……？」

「抱くにしろ、抱かれるにしろ、必ずしもうまくいくとは限らないだろう。男同士というのもあるし、俺は完全なる初心者だからな」

「なんて堂々とした初心者……、惚れ直す」

「馬鹿言ってろ。とにかく、初心者の場合は基礎力をつけ、鍛錬を積まない限り先達とまともな試合はできないはずだ」

「……待って吉野、剣道の話してる？」

「いや、俺たちのことだ。だが、大事なことは剣道にも通じているだろう？　最初はうまくいかなくても挑戦と練習を繰り返すうちに上達するはずだし、たとえ目標を達成するレベルに至れなくとも、鍛錬そのものと過程を楽しむことはできる。俺は初心者なりにちゃんと向き合いたいと思っているし、努力も惜しまないつもりだ」

「……あー……、なるほどね。独特すぎる譬えにちょっと混乱したけど、たぶんわかった。吉野としては最後までできてもできなくてもいいけど、上下にこだわりなく、ポジティブに付き合ってくれるつもりなんだ？」

　こくっと頷くと、支倉の眼差しがひどく甘い笑みにとけた。

「ありがとう、吉野。すげえ格好いい」

「べ、べつに礼を言われることじゃない。俺たちの、こと、だし……」

「うん。愛しい」

深い声で呟いた支倉にキスされる。一時中断されたことで少し落ち着いていた体の熱はあっという間に再燃して、ごまかしようのない変化をもたらした。

「……吉野の、硬くなってる」

「支倉のも、だろ……」

「うん。せっかく準備してきてくれたし、どれか使ってみる……？」

「……好きにしろって、言った」

キスの合間の囁き声は、どちらも息が乱れていてひどく煽られる。もっとくっつきたい、という気持ちになるばかりで、嫌だとか止めたいなどとは少しも思わなかった。

さっきとは違うコンドームの箱を手にした支倉の動きが、突然止まる。

「……吉野、これ、開いてるんだけど……？」

「あ、ああ……。……した、から」

「何を？」

とろける蜜のような雰囲気だった支倉の気配が不穏に一変して、戸惑いながらも純人は小声で、もう一度繰り返した。

「自主練、した、から……」

「何を、どこまで？」

低く鋭い問いはいつもほがらかな彼らしくない。もしかして怒っているんだろうか。

「……たいしたことは、全然できなかった。その……、ゆび、を、入れてみたんだが、前立腺なるものがどこにあるかもわからなかったし、まったく気持ちよくもなくて……、前もって謝っておくが、俺の尻は駄目だと思う。すまない」

恥を忍んで正直に答えたのに、くっとうめくような声を漏らして支倉が目を閉じた。そのまま動かない。

「は、支倉……？」

「……ゆび、入れたの？　俺より先に？　俺の吉野の尻なのに？」

「……？　それって俺の尻だよな……？」

「そうだけど、そういうことじゃなくて……っていうか、あの吉野が俺のために自分で練習してくれたのはめちゃくちゃ興奮するし、すげえうれしいのに、俺より先にほかのやつが……って本人なんだけど、吉野の中の感触を知ってるのってなんか悔しくて情緒が混乱してる……！」

そんなこと言われても、支倉の反応が理解不能で純人こそ混乱している。

「だ、大丈夫か？」

とりあえずなだめてやろうと、いつも彼がしてくれるように髪を撫でてみた。美男は髪質まで美男なのか、手触りがよくて気持ちいい。

撫でていたら落ち着いたようで、支倉が嘆息して顔を上げた。

「取り乱してごめん、ちょっと落ち着いた」

「そうか、よかった」

ほっとして笑みをこぼす純人に支倉もにっこりする。

「自主練までしてくれたってことは、本当に吉野は俺の好きにしていいって思ってくれてるんだよね？　遠慮なくもらってもいいんだよね？」

「あ、ああ。だが、さっきも言ったように俺の尻はいまいち……」

「大丈夫。俺に任せて」

にこー、と笑う支倉にどことなく不安を覚えたけれど、恋人を信じられないのはよくないと純人は頷いた。


「んっ、……っく、はせくらっ、それ、もう……っ」

「イく？　いいよ、イって。中もしてあげる」

「……っ……っ」

びく、びくんとつま先まで震わせて達する純人がさらなる快楽から腰を逃がそうにも、がっちりと支倉に抱えこまれていて叶わない。

噴き上げたはずの蜜は茎ごと彼の口にのみこまれ、きつく閉ざしていたはずのあらぬ場所には三本も指を含まされている。自分で一本を試してみたときは異物感しかなかったのに、たっぷりのローションを使われ、さんざんにほぐされたそこは、いまや刺激を上手に快楽に置き換えられるようになっていた。

支倉の根気と手技の賜だ。

あのあと、支倉は純人をバスルームに誘った。全裸をさらして、一緒にシャワーを浴びるのは照れくさかったものの、性的なことをするなら先に体を清めておきたいと思っていたから純人も逆らわなかった。が、全身を彼の手で直接、くまなく洗われたのは想定外だった。

「そんなとこさわるな」と焦っても支倉は「どうせあとでさわるよ？」と聞いてくれず、それはもうしつこく、丁寧に、延々とあらゆる場所を洗った。あれはもう洗うというより愛撫だったと思う。バスルームで「一回一緒にイこう」とイかされたあとも弄り回され、自力で歩くことさえできないようにされたのだから。

もともと淡白な純人が過分な快楽にぐったりしてしまったら、インターバルをくれるように体を拭いて、髪を乾かしてくれた。ベッドに運ばれ、口移しの水分補給のあとは後半戦のスタートである。

全身が快楽に浸されて力が入らなくなるほど手と口で愛撫された。うしろも自分の体とは思えないほどとろとろにされて、さっきは前と中を同時に刺激されて絶頂を迎えてしまった。最初はうしろで感じるなんて不可能だと思っていたのに、いつの間にやらそこは快感の味わい方を覚えて、奥がきゅうきゅううずくようになっている。

「な……って、そこ、こんな……？」

「んー……？　俺ねえ、けっこううまいらしいんだよね」

かじ、と内腿を甘噛みした支倉が、普段の爽やかさからは想像もつかないような色めいた笑みを見せる。ぞくぞくっと背筋が震えたものの、純人は眉根を寄せて彼をにらんだ。

「……そういうのは、聞きたくない」

「え」

「おまえが、うまいとかどうとか……っ、俺にはわからないし」

「……吉野、もしかして妬いてる？」

「や……？」

ぱしぱしと潤んだ目を瞬いて、自分の発言を振り返って、かあっと熱くなった顔をそらした。

「……いてない……。そんな、格好わるいこと……」

「格好悪くないよ。ていうか、めちゃくちゃ愛しい。はー……吉野、何度俺を惚れ直させたら気が済むの」

「か、勝手に惚れ直してるんだろう」

「うん。恋人が魅力的なのを数分おきに発見して、実感してるから」

「……歯が浮く」

「ほんと？　浮かないように押さえててあげようか」

上機嫌に笑った支倉が体を伸ばして深いキスをしてきて、歯列(しれつ)をぞろりと舐める。歯でも感じてしまうなんて、彼のキスを知るまで考えたこともなかった。

舌を絡めるキス、あちこちを愛おしむように撫でる手で、達したばかりの体が休む間もなく煽られる。ずっと気持ちよくて何ももうちゃんと考えられない。

「はせ、くら……っ」

「ん……?」

「いつまで……っ?」

「そうだねえ、吉野がそういうこと考えられなくなるまで?」

とろける笑みで、やさしい声で言われた内容は、もっとおかしくなるまでこの甘い責め苦が続くことを示唆(しさ)している。

「な……っんで……っ」

涙の張った目を瞠ると、目尻にキスを落として雫を吸い取ってくれた支倉が囁いた。

「吉野に、俺にハマってほしいから」

「……?」

視線を合わせた恋人が、色っぽくも獰猛(どうもう)に目を細める。

「吉野は自分のお尻が駄目って言ってたけど、全然そんなことないよ。覚えがよくてめちゃくちゃ優秀だから、じっくり準備したら今夜中にここ、すごく好きになってくれると思うんだよね」

「そん……っなの、……っ」

「やだ?」

頷こうとして、ためらった。

男として、そんなところで快感を得るのを好きになんかなりたくない、という気持ちはある。一方で、こだわることが男らしくないんじゃないかとか、支倉が自分をそうしたいと思うなら受け入れてやるのも度量ではないかなどという考えも同時に浮かんで、ぼんやりしている頭では何が正解かわからない。

少しでも頭をはっきりさせたくて首を振ったら、ぱっと支倉が顔を輝かせた。

「よかった。吉野が本当にいやだったらここで終わるつもりだったけど、続けていいんだ?」

「……っ」

なんでそんなことに、と思ったけれど、自分の仕草が悪かった。「やだ?」に対して首を振ったら、それは「いやじゃない」と受け取られても仕方がない。

訂正しようと思ったものの、支倉のうれしそうな顔を見ていたら逆に腹が据わった。

正解なんてわからないが、やりたいことはわかっている。支倉を――好きな男を喜ばせてやりたい。彼とずっと一緒にいたい。うまくできるかどうかは別として、挑戦もせずにぐだぐだ言うよりはひとまずやってみるべきだ。

そう決心して頷いた、数十分後。泣き言なんて言いたくないけれど、もう限界だった。

「はせくら……っ、もう、たのむから……っ」

情けない涙声で訴えるのは、快楽の終わりだ。

さっきからずっと、支倉は純人の中にある快楽のツボのようなところ——探しても自分ではわからなかった前立腺らしい——を撫でさするように刺激していて、張りつめた純人自身からは壊れてしまったようにとめどなく雫があふれている。バスルームで初めてさわられたときは感覚が強烈すぎて気持ちいいとは思えなかったのに、いまはそこをやさしくマッサージされるのが気持ちいい。

支倉は答えてくれず、純人の胸を彩る小さな突起を熱心に口で愛撫している。ころころところがしたり、舌ではじいたり、甘く噛んだりするたびに純人の体がびくびくと跳ねて、埋めこまれている指に粘膜が吸いつくのがお気に入りらしい。

そんなところで快感を得るのは恥ずかしいのに、上と下で感覚が呼応して増幅し、体中に満ちて指先まで痺れる。

「はせくらぁ……っ」

「うん……、もうちょっと」

「さっきも、そういった……っ」

ひぐ、ととうとう本気の泣き声が漏れると、支倉がはっとしたように顔を上げた。

「ごめん、泣かせるつもりじゃなかった」

「ないてない……っ」

「うん、ごめんね吉野」

よしよしと髪を撫でて、手の甲を目許に当てて隠している純人の指先や手のひら、唇にキスを降らせる。

「顔、見せてくれる……？」

「……いやだ」

「そんなこと言わないで」

甘やかす声でねだられたら、突っぱねることができなかった。こっそり手の甲で目の周りを拭(ぬぐ)って口をへの字にした純人が顔をさらすと、ほっとしたように微笑んだ支倉に口づけられる。結んだ唇がやわらかくほどけて、彼を受け入れるようになるまで。

「……吉野の中に、入ってもいい？」

キスをほどいた支倉の熱っぽい声の意味を理解するまで、数秒かかった。もう入ってるじゃないか、と思ったせいだ。

でも、彼が言っているのは指じゃない。

気づいたら、どっと鼓動が速くなった。とうとうやるのか、という思いと、このまま延々と甘い責め苦が続くくらいならいっそひと思いにやってくれ、という気持ちが交錯(こうさく)する。たっぷり時間をかけられたせいで、最終的に後者が勝った。

頷いて、目を伏せて告げる。

「……うまくできないかもしれないが、よろしくたのむ」

「吉野……」

たまらないように名前だけ呟いた支倉にぎゅっと抱きしめられた。体温にほっとした直後、ずるりと中から指をそろえて引き抜かれてぞくぞくっと背筋に震えが走り、勝手に声が漏れて純人は真っ赤になる。

(な、なんで、抜かれただけで……っ?)

動揺している間にも脚を大きく開かされて、ほころんだ場所にぬるりと灼けるような熱が触れた。心臓が跳ね上がる。

いよいよか、と身がまえているのに、純人に覆いかぶさったまま支倉は体を緊張させて動かない。

「はせくら……?」

「……ん、ごめん。ゴム、まだ着けてなかったことに気づいたんだけど、吉野が吸いついてくれるのが気持ちよくて、理性と本能がギリギリのせめぎ合いをしてた」

はあ、と熱い息を吐いた支倉が腰を引こうとするのを、とっさに純人は脚で止める。支倉同様に、こっちも熱が気持ちよくてそこがひくひくしているのだ。離れたくない。

「吉野……？」

「……いい」

「え」

「はなれるな」

広い背中に腕を回して抱き寄せると、体勢を崩した支倉の腰がぐうっととろけた場所に押し付けられてぞくぞくした。あとひといき、あとひと突きでそこから入ってきそうな圧力。

「吉、野……っ、手、離さないと、ほんとに……っ」

「いいって、いった」

間近にある、赤く染まっている耳がひどくおいしそうに見えてかぷりとやったら、がくんと支倉の腕が崩れた。上半身が密着するのと同時に、あとひといきの圧力が下肢(かし)にもかかって、ずぷり、と太い先端が押しこまれる。

「うぁ……っ」

「……だい、じょうぶ？」

荒い息をつきながらも、体を支え直した支倉が心配そうに純人の顔をのぞきこんだ。その表情は快感をこらえて険(けわ)しくも色っぽく、滴(したた)る色気に鼓動がますます速くなる。ぞくぞくしながらも純人は頷いた。

「ほんとに？　痛くない？」

「……ない」

「どんな感じ？」

「すこし、苦しい……。でも、いやじゃない」

正直に答えたら、う、と文倉がうめいて中のものがさらに太くなった気がする。

一瞬自分の尻が壊れるのではと心配になったものの、文倉のしつこいほどの準備の甲斐あってか、そこはかつてないほどに拡げられながらもちゃんと受け入れ、圧迫感にも徐々に馴染んできている。

「……人体の適応力は、すごいな」

「この状態での感想がそれ？」

文倉が小さく噴き出すと、繋がっているところに振動が響いて互いに息を呑んだ。痛くはないが、ジンジンして変な感じだ。

「……もっと、奥までいってもいい？」

ねだるような眼差しに鼓動が速まるのを感じながらも、純人は頷いた。

「ゆっくりするね。無理そうだったら、途中で止めて」

「……わかった」

やさしく髪を撫でて言われた言葉に、きゅうっと胸が苦しくなった。

苦しげに眉根を寄せている文倉の額には玉の汗が浮いているし、大きな体は暴走を抑えるように緊張を湛えている。それらはすべて、純人のためだ。

ひとこと「やめろ」と言ったら、雄の欲望に直結した器官がガチガチになっていて、先端は入っているというのに、奥まで突き入れたい本能に逆らって支倉は抜いてくれるつもりなのだ。

それがどんなに大変なことか、同じ男だからこそわかるし、深い愛情を感じる。

「……おまえ、俺のことが好きすぎるんじゃないか」

「知ってる」

ふふ、と笑った支倉が色っぽくて、愛おしくて、ぜんぶ受け止めてやりたくなった。

どんなに痛くても、苦しくても、絶対に最後まで付き合ってやるからな……と内心で決意を固めた矢先、挿入の衝撃で少し力を失いかけていた純人の中心に支倉が指を絡めた。びくっと体が跳ねる。

「ちょ……っ、支倉っ？」

「気がまぎれるように、こっちもしてあげるね」

「いや、そこはいい……っん、くふ……っ」

「吉野、口、閉じないで。声出したほうが楽だよ」

「んんん……っ」

やさしい声のアドバイスにふるふるとかぶりを振る。

受け止めてやる覚悟を決めたとはいえ、平気であんあん声をあげるなんて無理だ。尻に挿入されているだけでも気持ちのうえで本当はギリギリだし、あとで思い出したら絶対に恥ずかしさで死ぬ。

「い、痛くていいから、そこ、気にするな……っ」

「駄目。痛くしたくないし、吉野に気持ちよくなってもらわないと困るもん」

もん、なんて可愛い口調で言っておきながら、やろうとしていることは全然可愛くない。純人の体を快楽で陥落させようとしているのだ。

「だ……っ……んっく、ぅっふ……」

ずずっと入ってきたものに声が漏れそうになって慌てて口を閉じたものの、ぬりゅぬりゅと張りつめた自身の先端を弄られると息が乱れ、後ろがきゅうきゅうする。

「……じょうず。もう少し、力抜ける?」

無理、とかぶりを振ったら少し困った顔をしたものの、支倉は無理強いなどしなかった。

前をあやしながら粘膜同士が完全に馴染むまで待つ。前の快感が腰全体を覆って、あらぬところで生じている圧迫感や熱さも気持ちいいと錯覚してしまいそうだ。というか、たぶんもうしている。

さっきから支倉はゆっくりと浅いところを捏ねるように抜き差ししているのだけれど、それがたまらなく気持ちいいから。あと少し先にある、快楽のスイッチのような場所まできてほしくなってしまう。

このままだと変なことを言ってしまいそうで、純人は色っぽく眉根を寄せている自分の男に腕を伸ばした。

「キス、させろ……っ」

「よろこんで」

とろける笑みを見せた支倉が顔を寄せてきた。首に腕を回してぐっと抱きしめて、自分から唇を重ねる。甘く濡れた声が漏れないように、しっかりと。

重なりあった唇を割って舌が入ってくる。すっかり馴染んだそれをもっと感じたくて、純人は自ら支倉の舌を吸い、絡めた。

気持ちいい。つながっているところが上も下もジンジンして、じっとしていられなくなってくる。

「……やわらかくなってきた」

は、と息をついた支倉が、唇を舐めて囁いた。

「吉野の好きなとこ、いまから通るね」

はっと息を呑んだときには、そこを先端で舐めるようにして熱が深く入ってきた。

「うんん……っ」

内壁の弱いところをこすり上げられる感覚に四肢が震え、背中がしなる。ゆっくりとしたやさしい摩擦なのに——だからなのか、息苦しさもあるのに気持ちいいと素直に感じられて、目の前がチカチカした。

「……戻るよ?」

止めたいのかどうかもわからないでいるうちに、粘膜を引きずりながら太いものが抜け出る感覚にびくびくとつま先まで震える。とぷ、と先端から蜜があふれて支倉の手を汚した。ほっとしたように彼が頬をゆるめる。

「いまの、もっとしてもいい……?」

「すきに、していいって……っ」

「ん、言ってくれたね。ありがとう吉野。大好きだよ」

俺もだ、と返す余裕もなく、情けないあえぎ声を漏らしてしまいそうな口を支倉の口にくっつける。

小さく笑った気配がして、再び舌を絡め合うキスで支倉が声を奪ってくれた。

濡れた音をたてて交わる唇と舌の合間から、どうしても漏れてしまう甘ったれた鼻声はもう仕方がない。

「んっ、んっく……、ふぅ……っん」

支倉は言葉どおりに、純人の泣きどころをゆっくりと、何度も摩擦しながら、少しずつ奥を拓(ひら)いていった。指では届かなかったところまで入ってくるのも、内側からいっぱいにされる圧迫感も慣れないけれど、丁寧に快楽を覚えさせながらの侵入に体は素直に応じてゆく。

(どこまで……はいって、くるんだ……?)

終わりのなさに不安を覚えても、前をゆるゆると煽りながら中からも弱点を撫でられると思考がとける。もう無理、と思ったところよりもさらに奥深くまで埋めこまれて、ようやく尻に引き締まった腰が密着した。

きらめく糸を引いてキスをほどいた支倉が、唇を舐めて大きく息をつく。

「ぜんぶ、入ったよ。つらくない……?」

ぜいぜいと息を乱して、いつの間にかあふれていた涙で瞳を濡らしている純人の髪や頬を撫でて心配そうに顔をのぞきこんでくる。

「……くるしい」

「……ごめん、初めてなのに奥まで入れちゃったから……」

「ちがう。ずっと、きもちいいのが、くるしい……」

少し舌ったらずになった純人の訴えに目を瞬いて、支倉がふたりの体の間に目をやる。

支倉の手に握りこまれた果実は達しないように加減されながら弄り回されたせいで、しとどに濡れて純人の引き締まった薄い腹まで蜜を滴らせている。精ではなく、先走りだけで幾筋(いくすじ)も脇に流れるほどに。

「あー……ごめんね。一回出す? イったあとも、もうやめてあげられないけど」

くちゅりと濡れた先端を撫でられて、身をすくめながらもかぶりを振った。涙目でにらみ上げる。

「ここまできたら、はせくらもだ」

「一緒にイきたいってこと？　できる？」

「……ったりまえ、だ」

「ほんとに？　俺がイくまで我慢して、中をいっぱいこすられるってことだけど……、本当にいいの？」

「……そういうかくにん、いちいちするな」

赤くなって叱ると、色っぽくもやさしく笑った支倉に口づけられた。

「愛しいなあ……。うん、俺もすぐイきそうだし、一緒に、ね」

濡れそぼった純人の中心から手を離した支倉が、細い腰をしっかりと摑み直す。中の状態を確認するようにゆっくりと腰を押し回されておかしな声が飛び出しそうになり、とっさに歯を食いしばると動きが止まった。

「……吉野、キスは？」

「たのむ」

ぱかっと口を開けると、とろけるように支倉が笑み崩れた。

「ああもう、ほんと愛しい……たまんない」

こいつは本当にしょっちゅう愛しいって言うな、と照れくさくなりながらも幸せで、同じくらい幸せにしてやりたいと思う。純人は言葉にするのがまだ苦手だけれど、せめて態度で示したいと汗に濡れた背中に腕を回した。

ぐっと上体を倒してきた支倉に深く口をふさがれると、中を思わぬ角度で剛直に抉られて声が漏れてしまう。でも大丈夫だ。聞かせたくない声は支倉の口がのみこんでくれるから。

安心したせいか、支倉の動きに合わせて喉からひっきりなしに声が漏れるようになった。最初はゆっくりと奥をこねるようにしていたのが、徐々に抜き差しに変わってゆく。気遣う小刻みな動きから、長く力強いストロークへと。

(やばい、これ……っ、なんかやばい……っ)

じっくり時間をかけて準備され、快楽を教え込まれながら奥まで挿入された器官は素直かつ貪欲で、充血しきった内壁を太いものが行き来するだけで背筋がぞくぞくするほど気持ちがいい。癖になってしまいそうで怖いのに、もっとしてほしくなる。

もっと強く、もっと速く。

舌を嚙まないようにとセーブされているゆっくりした律動が、快感が高まるにつれてもどかしくなってゆく。無意識に純人の腰も揺れると、低く喉で笑った支倉がキスをほどいた。

きらめく糸を舌で拭って、ぼやけた純人の瞳と熱っぽい視線を絡めて囁く。

「もう、激しくしていいよね?」

「え……っあ、あっ、ひぁんっ……」

滴るような色気に当てられて一瞬ぼんやりしてしまったら、返事を待たずに支倉が腰の動きを再開した。声を抑える余裕もないままに、一気にスピードとパワーを増した深い抜き差しに翻弄(ほんろう)される。

ずっと快楽で炙(あぶ)られていた体はあっという間に燃え上がり、遠慮のない動きでがつがつと穿(うが)たれてももう気持ちいいばかりだ。閉じられない口からは感じ入った声が、触れられてもいない先端からは雫がとめどなくあふれる。

けれど、初めての純人はまだ中だけで達することはできない。体中が熱くてとけてしまいそうなのに、どうにかなりそうなほど気持ちいいのに、あと少しが足りなくて極められないのが苦しい。

「うぁっ、あっ、も、はせ、くらぁ……っ」

「うん……っ、すごい、気持ちいいね、吉野……っ」

荒れた呼吸混じりの声は低くかすれて凄絶(せいぜつ)に色っぽく、快感をこらえてきつく眉根を寄せた表情にも、滴り落ちてくる汗にもぞくぞくした。

自分だけじゃなかった。腕の中の男が――好きな相手が、自分の体で快楽を得ている。それがこんなにうれしいなんて。

ぶわっと喜びが全身に満ちて、体の反応にも表れた。中がうねって吸いつき、支倉が鋭く息を呑む。

「……っ、やばい、っ……」

歯を食いしばった支倉が一気に腰を引いて、ざあっと全身が粟立った。そのまま抜かれてしまいそうで、とっさに純人は脚を回して引き寄せる。

「ちょっ、吉野……っ、出るから……っ」

「だせ……っ」

焦っている支倉に全身で抱きついて心のままに告げると、「ああもう……っ」と苦しげな声が耳元で聞こえて、ずん、と最奥まで容赦のない突きがきた。脳天まで響くような強烈な快感に目の前で星が散り、つま先がぎゅうっと丸くなる。

「出す、からね……っ、中に、ほんとに……っ」

「んっ、ん……っ、はやく……っ」

激しく突き上げられながら、自分でももう何を口走っているかわからないままにねだる。密着した腹部、支倉の引き締まった腹筋でぐちゃぐちゃに自身まで刺激されて、目の前が激しくハレーションを起こした。

「ひあぁあっ、アァー……ッ」

ほとんど無意識に声と白濁を放ち、ぎゅうっと中にいる支倉を締めつける。低くうめいた支倉が大きな体をこわばらせ、ぶわっと最奥で熱があふれた。それも気持ちよくて指先まで歓喜に満たされ、ふうっと体が軽くなる。

そのまま眠りに落ちそうな純人の上に、ずしりと支倉が覆いかぶさってきて我に返った。お互いに息が乱れすぎていて何も言葉にならないけれど、目が合うと自然に顔がゆるんで照れ笑いのような満ち足りた笑みを交わす。

笑みを湛えた唇が吸い寄せられるように純人の唇に重なって、やわらかくついばむキスを降らせてきた。

くすぐったい気持ちになりながらも幸せで甘受していたら、汗みずくの体を抱きしめた支倉がごろりと横になって体重がかからないようにしてくれる。

「……大丈夫？」

「もちろんだ。……その、支倉こそ大丈夫か」

「ん？　俺？」

「まだ、硬い……」

片脚を支倉の上にのせさせられた純人の尻には、達したはずなのになお硬度とサイズを保っている支倉が入ったままだ。

「あー……うん、吉野の中が気持ちよすぎるし、想像していた以上に愛しくて男前なうえにエロくて煽られまくったからなあ……。もうちょっとこうしてていい？」

「いいけど……、その、いいのか……？」

おかしな日本語になっているのを自覚しつつも言い方がわからず、じわじわと顔を熱くしながら聞いたら、ぱちくりとまばたきした支倉のものがどくんと脈打ってサイズを増した。過敏になっている内壁を刺激されてびくんと体が跳ねると、なだめるように背中を撫でながら彼が苦笑する。

「ごめん、気遣ってくれる吉野がかわ……愛しすぎた。大丈夫だよ、いきなり続けて二回とかしないから」

「……しないのか？」

　ぐぐっと中でさらにサイズを増す。

「……吉野、そんな色っぽい顔で、中に俺が入ってるのに、そういうこと言うのほんと駄目だと思う。俺が我慢できなくなったら大変なの吉野だからね？」

「我慢、しなくていい」

「え」

「……何度も言わせるな。好きにしていいって、言っただろう」

「いや、でも、吉野、初めてなのに……」

「だからどうした。恋人を満足させてやれないほうが男がすたる」

「ええー……、そうくる？　ていうか、めちゃくちゃ満足したよ？　最高だった」

　ちゅ、ちゅ、とキスの雨を降らせてくる支倉は本当に上機嫌だし、満足げに見えるけれど、本当に満足していたら支倉ジュニアがこの状態になっているはずがない。

そう言ったら、少し困った顔で笑う。

「俺、ずーっと吉野のことが好きだったからさ。叶わないってわかってても、忘れたくてほかの人と付き合っても忘れられなかったし、再会してからは会うたびに好きが増していってたし、抱いている間もどんどん好きになっていくから、こうして吉野に受け入れてもらえるのがうれしすぎて落ち着かないだけだって」

「そん……なの、こっちだって同じだ」

ふいっと目をそらしてぼそりと告げたら、目を見開いた支倉がとろけるように笑った。

「吉野」

「なんだ」

「よーしーの」

「だからなんだって言ってる」

「愛してる」

ぎゅっと抱きしめられて、熱くなった耳を甘噛みされる。びくびくと身を震わせながらも視線を戻したら、きらめく瞳に捕らえられてくらりとした。

「吉野も言って?」

「……おまえのが、一時間後に落ち着いていたらな」

へたくそな誘い文句にふふっと笑って、支倉が笑みを湛えた唇を重ねてくる。

「じゃあ、改めてよろしくお願いします」

「ん。……こっちこそ」

言葉で伝えるのがまだ苦手な純人なりに、体で伝える愛情をその晩は惜しみなく差し出した。

やさしくも貪欲な恋人が満足するころには意識が朦朧としていたけれど、「あいしてる」と返せるようになった……というのは、本人の知らない事実である。

8

目が覚めたら、見慣れない天井だった。

眉をひそめてぼんやりと眺めた純人は、自分の体の状態――羽毛布団の下は素っ裸で、皮膚の薄いところはあちこち過敏になっていて、腰や股関節がギシギシして、あらぬところに何か入っているような感じがする――を自覚するにつれて、ここがどこで、ゆうべ何があったかを思い出す。

ぶわっと羞恥に熱くなった全身は、どろどろのぐちゃぐちゃにされていたのにいまはさらりとしている。

初心者のくせに果敢に挑んだ第二試合終了後、快感に打ちのめされて指先ひとつ動かせなくなった純人を支倉が喜々としてバスルームに運んで清めてくれたからだ。

(……とんってもない醜態をさらしてしまった……!)

真っ赤な顔を枕にうずめて、うめき声を押し殺す。

ところどころ記憶が曖昧だけれど、ゆうべのことは覚えていないほうが幸せかもしれない。

情けない泣き顔を見せて、恥知らずな声をあげて、格好悪い姿をさんざんさらしたばかりか、事後の始末を全面的に任せてしまった。

幻滅されていなければいいが……と横を見た純人は、そこにいるべきはずの男がいないことにようやく気づく。

「文倉……？」

かすれきった声は弱々しく、自分の声じゃないみたいだ。不安そうなのも。

ぱしん、と頬を打って純人は身を起こした。直後、腰の痛みにうめいて再びつっぷしてしまう。

「吉野……っ、大丈夫⁉」

顔だけ動かして声のしたほうを見ると、開けっ放しの寝室のドアからトレイを手にした文倉が慌てて駆け寄ってくるところだった。姿が見えてほっとする。

「問題ない」

「でも、ゆうべ吉野に甘えて無理させちゃったから……」

「気にするな。その……、俺はおまえを、満足させられたか？」

「それはもう！」

じわっと顔を熱くしつつも気になっていたことを聞くと、こくこく文倉が頷いた。

ベッドサイドテーブルにトレイを置いて、ベッドに腰かけた彼が湯気のたつマグカップを渡してくる。

「これは？」

「蜂蜜入りのミルクティー。うちにあるもので喉によさそうなのって、それくらいしか作れなかった。ごめんね」

「謝ることじゃないだろう。ありがとう、うまそうだ」

礼を言ってさっそく口を付けると、香りのよいミルクティーは飲みごろで、嗄れた喉にやさしく染み入るようだった。ほんのり甘いのもおいしくて、ごくごくと一気に飲み干す。

ぷは、とマグから顔を上げたら、文倉に愛おしげに見つめられていたのに気づいて一瞬心臓が止まった。

「な、なに見てるんだ」

「吉野」

「そうじゃなくて、理由……っ」

「んー……？　俺のベッドで、朝から裸の吉野を見られるのって夢みたいだなあって」

かっと顔が熱くなって、無言でパンチを繰り出すと笑いながら手で受け止めた文倉がひょいとマグを取り上げて頬にキスを落とす。

「ゆうべは本当に最高だった。ありがとう、吉野」

「……いや、べつに、礼を言われることでは……。俺たちは、こい……なわけだし」

「うん、恋人だけど。本当にうれしくて、幸せだったから」

「なら、よかった」

照れくささでぎこちない返事になったけれど、にこにこ顔の支倉はキラキラとまばゆいばかりの幸福オーラを放っている。

「改めておはよう、吉野」

「あ、ああ……、おはよう」

「ゆうべ頑張ってくれたお礼に、俺がいろいろお世話してもいい？」

「お世話？」

きょとんとする純人に、支倉はにっこりしてトレイからほかほかの温タオルを取り上げた。顔を拭かれ、寒くないようにと彼のシャツを着せられ——なぜか下着は却下された——、お手洗いに行きたいと言うと抱いて運ばれる。

病人でもないのにここまで面倒をみられるのは恥ずかしいけれど、好きにさせてやらないと支倉がしょんぼりするのだ。ゆうべのお礼ということだし、受け入れるのも度量だろうと純人は照れくささを我慢して付き合ってやる。

「おまえ、面倒見の鬼だな……」

卵でとじた鮭と葱のおかゆをスプーンで口許まで運んでくれる支倉に、照れ半分、呆れ半分の目を向けると、にこーっと彼がいい笑顔を見せた。

「じつはそうなんだよねえ。だから、吉野が吉野でよかった」

「うん？」

おいしくて喉にもやさしいおかゆを味わいながら首をかしげると、次のひとくちをすくって、息を吹きかけて冷ます合間に恋人が言う。

「あんまり手をかけると重いかなって思うから、これまではセーブしてきたんだよね。でも、吉野は家庭的な嫁がほしいって言ってただけあって、受け入れてくれるじゃん」

「ば……っ、違うぞ！　これは、断るとおまえがしゅんとするから……っ」

「うん、付き合ってくれてるんだよね？　でも本気で無理だったら断るし、引くでしょ」

「……それはまあ、たしかに」

「ね。だから俺たちって、男同士っていう点を除いたら吉野的にもベストカップルじゃん？」

「……違うぞ」

「え」

「同性なのは、除かなくていい。支倉と俺が、ベストなんだ」

照れつつもきっぱり言ったら、目を見開いた支倉が固まった。うるりとその綺麗な瞳が揺らめいたと思ったら、無言でおかゆの器とスプーンを置いた彼にいきなり抱きしめられる。

「は、支倉……っ？」

「愛しい。やばい。大好き。愛してる。吉野最高」

「お、おう……」

怒濤の告白はうれしいけれど、返すのは照れくさい。代わりにぎゅっと抱きしめ返すと、幸せそうに笑った支倉にキスされた。ちゅ、ちゅ、と軽くついばむキスだけれど、放っておいたらエスカレートしそうで慌てて広い背中の服を引っぱって止める。

「まだメシの途中……っ」

「終わったら続き、していい？」

視線を合わせて唇を舐めた恋人の色っぽさにドキリとしつつ、目を伏せて頷いた。

「……餞別だし、好きなだけ持ってけ」

「太っ腹だねえ。一カ月でこれなら、もっと長い研修や出張のときはどうなるんだろ」

「……一カ月？」

眉根を寄せて見上げると、支倉も怪訝な顔になる。

ここで純人は、今回支倉が行くという海外研修の詳細を初めて知った。

行き先はデンマークで、期間は一月末から二月いっぱいの約一カ月。三月には戻ってくるらしい。

「なんだ、何年も行っているわけじゃないんだな」

ほっとする純人に、支倉が沈んだ声で呟いた。

「……何年も離れるって思ってたのに、行くなって言う気はなかったんだ？」

「当然だろう。支倉が会社に認められているからこその抜擢だし、おまえにとって大事なチャンスだ」

「そうだけど……、なんか、吉野の愛情に不安を覚えちゃったなあ」

苦笑混じりの口調は冗談めかしていても、表情が冗談っぽくない。何が悪かったのかわからずに純人は「なんでだ」とストレートに問う。

「……最後のつもりで、お餞別をくれたのかなって思うじゃん」

少し逡巡してからの答えは、予想外のものだった。

「は」

「もともと吉野は男同士に抵抗あったし、恋人になるつもりじゃなくて、俺がいなくなるまでの思い出をつくる気だったのかなーって。男女のカップルでも付き合い始めで遠距離になる場合って別れやすいっていうのに……周りに気軽に言えない同性同士なら、なおさらだよね」

「そうなのか……?」

沈んだ様子の支倉に戸惑いつつ、少しでも慰めてやろうと手ざわりのいい髪を撫でてやる。

「俺は支倉がまだ俺のことを好きで、おまえと恋……になれたら、できるだけ早く有休をとって会いに行くつもりだったが」

「え……」

「支倉といるために最大限努力するつもりだったんだが、それじゃ駄目だったのか……?」

恋愛初心者の自覚がある純人が不安げに眉を寄せると、ぶんぶんとかぶりを振られた。

「駄目じゃない！　全然！　そっか、吉野、そっかあ」

破顔した支倉に再び抱きしめられる。

「な、なんでまた……っ」

「男前な恋人をもったなあって、うれしくて」

にこにこ顔の支倉の言葉は、男だの女だのにこだわらないと決めた身でもやっぱりうれしい。

ふよふよと唇の端が上がる。

「そ、そうか」

「……吉野、すごい愛しい顔になってる。やっぱり朝ごはん、あとでいい？」

愛しい顔ってなんだ、と思ったものの、好きな男の体温と香りに包まれ、すぐ近くに見飽きることがない端整な顔とおいしそうな唇があったら、断るのは難しかった。

恋愛をすると判断力がおかしくなるというけれど、まったくもってそのとおり。

慣れたらちゃんと「待て」を言えるようになるんだろうかと思いつつ、「仕方がないな」と純人は恋人のわがままを受け入れた。

これも男として——否、恋人としての度量だ。

熱愛アップグレード
netsuai upgrade

入学式の日はよく晴れて、桜が満開だった。

同じ中学校出身の友人たちとこれから始まる高校生活への期待と少しの緊張を抱(かか)えて講堂に向かっていた支倉千陽(はせくらゆきはる)は、前を歩いている女子生徒たちが舞い散る小さな花びらを捕まえようとしているのに気づく。

「何してるんだろ」

なんとなくの問いに、妹がいる友人が「あー、あれな」と答えを教えてくれた。

曰(いわ)く、自然にくっついてきた桜の花びらをお守りにすると運命の人と出会え、降ってくるのをキャッチしたら近いうちに恋人ができるというおまじないが一部で流行(はや)っているらしい。

桜の花びらにそんな力があるとは到底思えないけれど、ピンクのハート形が恋愛ネタにぴったりの造形であることは確かだ。おもしろいな、と感心していたら、ひらひらと不規則に舞いながら薄紅色(うすべにいろ)の花びらが目の前に降ってきた。とっさにキャッチしてしまう。

開いた手のひらの真ん中には、頼りなく薄い、けれどもとても綺麗なハートの一枚。

「おっ、桜の花びら効果でハセも高校デビュー……って、おまえには関係ないか」

「腹立つくらいモテるもんなー」

「いやあ、それほどでも……あるかな」

にやっと笑って返すと、あちこちから軽いパンチが飛んでくる。友人だからこその冗談だけれど、支倉がモテるのは事実だ。

とはいえ、高校に入って早々に恋愛沙汰はいらないなあ、と思う。まずはクラスや授業に慣れたいし、部活にも入りたいし、バイトもしたい。

キャッチした花びらの効力を手放すために、手のひらにふうっと息を吹きかけた。折よく吹いた風にのってハートがふわりと飛んでゆく。

なんとなく目で追っていたら、花びらは吸い寄せられるように数メートル先を歩いている男子生徒の髪に舞い落ちた。

（……綺麗だな）

後ろ姿だけれど、素直にそう思った。

春の光をはじくつややかな黒髪に薄紅色が映えて、すっと伸びた白い首筋に清潔感がある。

姿勢のよい背中に孤高の気高さを感じさせる彼は、にぎやかに笑いさざめく生徒たちの中でひとりだけ澄んだ空気をまとっているようだった。

教室で自己紹介をするときに知った彼の名は、吉野純人。

あのときの彼だ、とわかったのは、彼だけがまとっている空気と、背中に定規でも入っているんじゃないかと思うほどの姿勢のよさのおかげだ。

正面から見た彼も、やはり綺麗だった。

誰とも馴れ合う気はない、といわんばかりの吉野と仲よくなってみたくて、支倉は自分から話しかけた。さいわい席が近かったから、話すきっかけはいくらでもあった。

そうして知った吉野は、端麗な見た目からは想像もつかないほどおもしろかった。

頑なようで素直で、ちょっと天然。誰もが認める美形でありながら自分の顔が好きじゃなくて——もっといかつくなりたいらしい——、勤勉な努力家で、潔さを大事にしている。ときどき心配になるほどコミュ力が低いけれど、思ってもいないことは言わないから全面的に信用できるし、絶対に陰口など叩かない。「モテるやつはいいよな」「もうヤッた？」などの同世代の男子特有のひがみや興味本位の下ネタと無縁なところもいい。

古風というか独特な中身にも癒やされて、一緒にいると楽しくてほっとできる。

いつの間にか、友人たちの中でも吉野がいちばん大事な存在になっていた。

恋愛的な意味で好きかもしれない、と思いながらも、吉野にとって男同士などありえないというのは聞くまでもなく明らかだったから、支倉は自分の気持ちに蓋をした。

パピコを吸う綺麗な唇がどれほどおいしそうでも、姿勢のよいしなやかな体に触れてみたくても、叶わないのはわかっているから。

なのにあの夏の日、つい欲望がこぼれてしまって——。

涙目で「絶交だ」と叫んだ吉野に、徹底的に避けられるようになった。口をきいてもらえないばかりか、こっちを見てもくれなくなった。

たったあれだけのことで、というには、支倉は吉野のことを知りすぎていた。

兄弟に対する外見的コンプレックスのことも、剣道ができなくなったときにどれほど傷つき、悲しんで、それでも「男として心で負けてはならぬ」と懸命に立ち直ったことも知っていた。

吉野がいちばんいやがることをして、謝っても許してもらえないほど傷つけてしまったことを、後悔という言葉では言い表せないくらいに後悔した。

一方で、叶わない恋だと思えばこそ、あの大失敗も天の配剤だったのかもしれないと卒業後に思うようになった。――いや、思うようにした。どんなに忘れられなくても。

美しい姿、佇まいだけでなく、声、仕草、表情、反応、とにかく吉野のすべてにどうしようもなく惹かれてしまう。一方的にくっついてしまった桜の花びらのおまじないは、もはや呪いとしか思えないくらいに自分ばかりが吉野を好きになっていたから。

十年という月日を経て思いがけずに会社の経理部で再会したとき、昔以上に綺麗になっていて一瞬で目と心を奪われた。顔をそらされてショックだったけれど、彼はすぐに見つめ直して頭を下げてくれて、また恋に落ちてしまった。

でも、今度は決して吉野を傷つけたりしない。友人でいる。今度こそ。

そう決意したのに、一緒にいる時間が長くなるにつれて支倉は友人以上になれる希望を抱くようになっていた。吉野の言動に可能性を感じ取れるくらいには大人になっていたから。

それでも相手は「男らしさ」にこだわる吉野だ。過去の自分の大失敗もある。

支倉の希望はいつもゆらゆらと揺れているろうそくの炎同然で、自信や確信などもつことはできなかった。吉野の態度で消えかけたり、煽られたりする、不安定な希望。

吉野に井川を勧められ、詰め寄られたとき、正直、自棄になった。いっそのことこの希望の炎を消してくれ、という気持ちで告白した。

直後に、言わなきゃよかったと思ったけれど——。


機内アナウンスの声で、ふっと支倉は目を覚ます。

三月初め、半日近いフライトを経て時差八時間のデンマークからようやく日本に帰国だ。ものすごく勉強になったし、現地のスタッフたちはフレンドリーで楽しかったし、たくさんの刺激を受けて充実していたものの、研修を兼ねた長期出張が終わったのは素直にうれしい。

左手首の時計を撫でて支倉は頬をゆるめた。

（あのとき、言ってよかったよな……。結果オーライ、おかげで頑張れたよ）

愛撫するように触れている時計は、ごくシンプルなデザインのもの——本来の持ち主は吉野だ。離れていてもお互いの存在を身近に感じられるようにと出張前に交換してもらった。

「俺のは支倉のみたいにお洒落じゃないが、いいのか？」と心配そうにしていた吉野だったけれど、まったく問題なかった。むしろ偶然に驚いた。就職祝いに兄がくれたという吉野愛用の時計は、デンマークのブランド、ＳＫＡＧＥＮのものだったのだ。

自国のブランドを愛用している人間というのは、やはり印象がいい。吉野の腕時計は支倉のメンタルを支えてくれただけでなく、現地スタッフたちとの会話の糸口にもなってくれた。

(恋人のものですって普通に言える環境、最高だったなあ)

北欧は日本よりずっと人権意識が高くてリベラルだと知っていたつもりだったけれど、実際に現地で同性の恋人の存在を当たり前に受け入れられて、彼への愛情を堂々と表明してもまったくからかわれない経験は感動的だった。中には快く思っていない人もいたのかもしれないけれど、口に出すのはアウトであるという共通認識があるだけで十分だ。

お互いが不快にならない距離を保てて、一方的な考えを押しつけなければ、どんなひとも生きやすい世の中になるのを実感した。さすが「ヒュッゲ」を大事にしている国だ。

(次は、吉野と行きたいな)

そんな願いを抱けるようになったのも、吉野が潔さを振り切ってくれたおかげだ。葛藤を経て自らの価値観の変化を真摯に受け入れた吉野は、支倉を丸ごと受け止めてくれたのだ。

まるで天からのクリスマスプレゼントのような両想いだった。

それから約一カ月間は恋人としてすごし、次の一カ月間は遠恋状態。

ネットのおかげで遠距離でも顔を見ながら話ができるとはいえ、時差もあってなかなかゆっくり話せなかったし、姿は見えるのにさわれないのが逆につらかった。

空港まで迎えに来てくれるという吉野に「うちで待ってて」と頼んだのも、顔を見たら抱きしめてキスしたくなるのを我慢できるか心配だったからだ。

かさばるものや会社用のお土産は別便で送っておいたから、荷物は手回り品と最小限の着替え、それから吉野用のお土産が詰まったトランクだけだ。各種手続きをすませ、空港を出た支倉はタクシーに飛び乗る。あとは恋人が待つ自宅マンションまで一直線。

「ただいま～」

浮き立つ気持ちでドアを開けると、ふわりと野菜や鶏肉を煮ているっぽい匂いに迎えられた。え、まさか……と目を瞬いている間に、奥のドアが開いて吉野が顔をのぞかせる。

「おう、おかえり。長旅お疲れだったな」

「……エプロン！」

「あ、ああ……、借りた。勝手に悪い」

「いや、全然！　むしろありがとう吉野、最高の出迎えです！」

「なんで敬語なんだ……」

柳眉を寄せて首をかしげるエプロン姿の恋人の破壊力たるや、とんでもなかった。片手に菜箸を持っているのも芸術点が高い。

これまで恋人に良妻賢母の資質を求めたことはなかったけれど、これはシチュエーションとしてたいへんおいしい。帰宅を楽しみに待っていてくれた感があるし、生活感のない美形である吉野の家庭的な姿というギャップも最高だ。

「吉野、ちょっとこっち来て」

「？　ああ……うわ⁉」

素直にやってきてくれた恋人をがっちりハグして、首筋に顔をうずめて深呼吸した。

「あー……生き返る……。吉野だあ……」

「お、おう……、俺だが……、いきなり抱きつかれたらびっくりするだろう。事前にひとこと言え」

「うん、ごめんね。余裕なくって。今後気をつける」

「ん」

短く頷いた吉野が背中に腕を回してくれて、幸せで死にそうになった。いや、まだまだ吉野を補充したいから死ねないけど。

抱きしめあうことでぴったり密着した吉野の胸は、こっちまで伝わってくるくらいに激しく鼓動を打っている。ひさしぶりの実物がうれしすぎたからってがっついて驚かせたかな……と心配になって顔をのぞきこむと、真っ赤になっていた。

(うわああ、なにこれ可愛(かわい)いがすぎるんですけど……!?)

衝撃的魅力にキスしようとしたら、はっとした恋人が文倉の口を手で押さえた。

「……なんれ」

手の下でもごもご不満を訴(うった)えると、くすぐったそうに身をすくめた吉野が困り顔になる。

「……火を、止めてきていない。その、嫌なわけじゃないから……、先に、手洗いとうがいをしてこい。俺はあっちを終わらせてくるから」

「！」

　こくこく頷くと、恋人は耳を赤くしてそそくさとキッチンに戻ってゆく。

（えー……もう、吉野最高に可愛い……！　可愛すぎてやばい……！）

　本人が「可愛い」と言われるのが苦手そうだから普段は「愛しい」と言い換えているけれど、文倉の頭の中では常に「吉野可愛い」があふれている。だって可愛いとしか言いようがないほど可愛い。

　手洗いとうがいを終えていそいそとＬＤＫに向かったら、吉野はキッチンで真剣に鍋と向き合っていた。料理の「鍋」だ。

「なに鍋？」

「水炊きだ。これなら失敗する危険がない。腹へってるか？」

「んー……よくわかんないな。時差のせいかも。吉野は？」

「俺のことは気にするな」

　キリッと言った直後、吉野の腹の虫がきゅるるる〜と鳴いた。絶妙のタイミングに笑ってしまうけれど、本人は焦って否定する。

「い、いまのは違うからな！　なんかその……、別のやつだ！」

「そっか。でもおいしそうな匂いで俺もおなかすいてきたし、一緒に食べよ」

　くすくす笑いを止められないままに提案して、取り皿やポン酢をこたつに運ぶ。む……、と何か言いたげに口をへの字にしたものの、再び腹が鳴った吉野はごまかすのをあきらめたようだ。ニースシリーズのシックで可愛いミトンを両手にはめて、慎重に土鍋を運んでくる。

こたつテーブルの真ん中に置かれた鍋はくつくつといい感じに煮えていて、本当におなかがすいてきた。

「おいしそう。すごいね吉野、もうひとりで作れるんだ？」

「まあな。支倉から習ったやつはぜんぶ自主練した」

「えっかわいい」

「は」

「じゃなくて、愛しい。練習してくれたんだ？」

にっこりして言い直す。ちょっと照れくさそうに恋人が長いまつげを伏せた。

「……支倉がこっちにいない間、暇だったからな。だいぶうまくできるようになったと思う。食ってみろ」

「うん。ありがとう吉野。大好き」

「…………俺、も、だぞ」

つっかえながらも赤い顔で返してくれる吉野はもう本当に世界一可愛くて愛おしい。せめて夕飯を終えてからと思っていたけれど、無理だ。我慢できない。

「ねえ吉野、ごめんだけどごはんの前にキスしたい。させて？」

「……わかった。約束だったしな」

こくっと頷いた恋人がさっき以上に赤い顔で許してくれる。にこーっと満面の笑みになってしまいながら支倉はあぐらで座っている膝をぽんぽんとたたいた。

「こちらへどうぞ」

「お邪魔する……」

律儀に断りを入れた吉野が、旧式のロボットのようなぎこちない動きで支倉の腰をまたぐ形で座ってくれる。これは、がっつりキスしたい支倉の希望に応えるときのスタイルだ。

（もうほんと、可愛くて愛しくてたまんない……）

熱くなっている頬を手のひらで包みこんでそっと顔を上げさせ、吸い寄せられるように唇を重ねた。がっぷりいきたいのはやまやまだけれど、大事にしたい気持ちも同じくらい強い。

歓迎するように唇が開いて、おずおずと吉野が舌を伸ばしてきた。可愛い。愛しい。何度もその言葉ばかりが胸を巡る。ひさしぶりの、ずっと求めていた甘い舌を搦め捕って、なまめかしく交わらせながら味わう。濡れた粘膜の奥まで。

「ん……っぅ、ふ……っ……」

ときどき漏れる甘い喉声、敏感な反応に煽られて、どんどんのめりこんでしまう。もっと吉野がほしい。もっと味わいたい。もっと、もっと、もっと。

「はせ……くら……っ、もう……っ」

「やだ」

「んん……っ」

わずかな隙間で無体なことを言う唇を再び深くふさいで、きつく抱きしめて恋人を補充する。自分以上に大事にしたい気持ちに変わりはないのに、長期間会えなかったことによる吉野不足の禁断症状のほうが強いようで、ほとんど本能だ。

というか、吉野も吉野だったりする。文倉の背中に腕を回してぎゅっと抱きしめているばかりか、こっちを煽るように細い腰が揺れている。すでに熱をもった互いの中心を刺激しあう動きをされているのに、中断できるわけがない。

もう無理、このまま抱く。と押し倒そうとしたら、ぎゅるるるる～っと怪獣の咆哮めいた音が響き渡った。

「……すまん……」

発情のせいだけでなく顔を赤くした吉野がきまり悪そうに呟く。ふは、と笑ってしまった。

「や、こっちこそごめん。吉野の腹の虫、さっきから鳴いてたのに」

ちゅっと濡れた唇に仕上げのキスを落として、抱きしめている腕をゆるめる。雰囲気をぶち壊されたおかげでムスコたちもおとなしくなってくれた。

ベッドタイムはあとのお楽しみにとっておいて、まずは吉野渾身の手料理を堪能した。煮えすぎてくたくたになっていたり、逆に少し硬かったりするものもあったけれど、料理歴を加味するとかなりおいしい水炊きだった。シメは吉野のリクエストで塩ラーメン、卵でとじるのも含めて文倉が担当する。

「やっぱり文倉が作るとうまいな」

「そう？　インスタントだけど」

「そうだが、なんか違う。なんだろうな……」

「愛情じゃない？」

ウインクしたら、恋人の眉根が寄った。

「……俺もしっかり入れているつもりだが、足りないんだろうか」

ちょっともう嘘みたいに可愛い。いますぐかぶりつきたい気持ちをギリギリで制御して、文倉はにっこりしてかぶりを振る。

「大丈夫、めちゃくちゃおいしかったよ。吉野の愛情のスパイスは俺に効くけど、俺の愛情は吉野に効くってことじゃない？」

「……ふむ……？」

食後は、恋人との再会の喜びでうっかり忘れかけていたお土産を渡した。おいしくてデザイン的にも優れているコーヒーにチョコレート、木製のエッグスタンドやひとつずつ形が違う鳥の置き物、アンデルセンの童話をモチーフにしたモビール、洒落たデザインのエコバッグや文房具など。どんな店で、どうしてその品を選んだかの土産話つきだ。

「……支倉、しょっちゅう俺のことを思い出していたんだな」

「当たり前じゃん。これもあったし」

手首の時計にキスすると、う、と恋人が照れる。

「吉野は違った？」

「いや、俺も支倉のことばかり思い出していた。……これにそんな影響力があるのを知っていたら、交換なんかしなかったのに」

細い手首にしている支倉の腕時計を撫でての発言は聞き捨てならない。

「えー、なんで？　俺のこと思い出すの嫌だった？」

「……正直、な」

渋面での返事に「えっ」と一瞬血の気が引くけれど、思いがけない言葉が続いた。

「思い出すたびに、支倉と会えない現実を思い知らされる。なのに、はずしているのは嫌なんだ。おかげで一日に何度も何度も思い出して、寂し……気がそぞろになった」

男として寂しがるのは……とでも思っているのだろうけれど、漏れ出ているのが可愛すぎる。愛しい気持ちが胸からあふれてどうしようもなくなり、思わず抱きしめてしまった。

「は、支倉……っ？」

「吉野、ベッド行こう？」

耳元でねだると、じわじわと頬に血をのぼらせた恋人が「そう、だな」と同意してくれる。

毎回照れるのが本当に可愛い。

　キスを交わしながら恋人ともつれるようにベッドに移動した支倉は　抱き合うときは必ず事前に身を清めたがる恋人が何も言わないことに気づいて水を向けた。

「シャワーは……？」

「済んでる」

「そっか。じゃあ俺だけ……」

「いい。早く脱げ」

　キスだけで色っぽく頬を上気させた吉野が服を脱がそうとしてくる。始めるまでは緊張気味なくせに、深いキスで理性をとかしてゆくと思いのほか積極的な姿を見せてくれるのは初めて抱き合ったときに知った最高のギャップだ。

　脱がされながら脱がしていたら、吉野が肩を押して仰向けになるのを促した。素直に従うと、上半身裸で下衣も乱れた――どちらも支倉がやった――吉野が腰をまたいで上に乗る。

「……今夜は、俺がやる」

「え」

「帰国したばかりで、支倉は疲れているだろう。おまえほどうまくはできないだろうが、ちゃんと気持ちよくしてやれるように頑張るから、遠慮なくマグロなるものでいてくれ」

「え……っと、ちょっと待って吉野。まさかと思うけど、俺を抱こうとしてる……？」

「ああ」

「尻で抱くわけじゃなく？」

「尻で……？　そんな方法があるのか？」

心底怪訝そうな吉野の返事から理解した。まさかの展開である。

とはいえ、デンマークに渡る前にも吉野は「俺もおまえを抱けるようになったほうがいいんじゃないか」と言っていた。もともと「男らしさ」にこだわっていた彼だけに、自分だけが抱かれている現状が納得できないのかもしれない。

（んー……、吉野がどうしてもっていうんなら、俺も頑張れなくもない気がするけど）

恋人は男前に受け入れてくれたのだ。自分だけ逃げるのは愛情で負けている気がする。絶対に負けていないし、むしろこっちのほうが熱烈な自信があるのに。

ただ、男女問わず初心者で少々不器用な恋人に任せるのはさすがに不安だ。

考えこんでいたら吉野が心配そうに顔をのぞきこんできた。

「嫌か……？　性行為は同意が必須だし、支倉が嫌ならしないが……」

「あー……うん、嫌っていうか、俺としてはやっぱり吉野を抱きたいなあって」

「でも、それはフェアじゃないだろう」

「うーん、そう言われたら何も言えないねえ。俺のせいで吉野は一生童貞になるわけだし……」

「ど、童……っとかはどうでもいい！　そういう意味じゃない！」

「じゃあどういう意味……？」

本気でわからなくて聞くと、吉野が真っ赤な顔でぼそぼそと答えた。

「……なか、の、気持ちよさと、出すときの気持ちよさは、種類が、違うから……」

「ああ、それは聞いたことある。中のほうが快感が続いて、すごくいいらしいね」

こくっと頷いた吉野が目を伏せて、申し訳なさそうに言う。

「……ずっと、すごく、いいんだ……。だが俺は、支倉にそれを……やれてないだろう？」

「えっなにそれ可愛いそういう理由⁉　可愛すぎてどうにかなりそうなんだけど……！」

思わず出てきた感動は心の中に留めておけずにぜんぶ声になってしまった。

恋人がぱしぱしとまばたきをするのを見てやっと我に返り、にっこり笑顔で「可愛い」発言をごまかす。こぶりで形のよいお尻を下着の上から両手で掴んで、愛情をこめて揉んだ。

「そういう理由だったら、俺のほうは全然問題ないよ。吉野の中、めちゃくちゃ気持ちよくて最高だし、受け入れてもらえるのが幸せだし」

「だが……」

「ていうか俺、吉野にも言われたように面倒見の鬼だから尽くしたい派なんだよね。何か『してもらう』より『してあげる』ほうが好きだし、満足度が高いから、正直言って抱かせてもらえるほうがうれしい」

「……ほんとに、いいのか？　なか……、すごいんだぞ……？」

頬を染めて恋人がとんでもないことを言う。これで抱かせてもらえなかったら拷問だ。

「いいに決まってる。ていうか、吉野の中、俺にとってもすごいんだけど……?」

両手で魅惑の尻を揉みながら腰の位置をずらし、下着の中ですっかり臨戦態勢になっている自身を谷間にぐりゅっと押しつけた。びくんと恋人が身を震わせる。

「ね……、吉野の中で、俺の、可愛がってくれる……?」

「……わかった。尻で抱く、ってやつだな」

さっき知ったばかりのフレーズをさっそく使って、頬を染めながらも真剣に応じてくれる吉野は世界一可愛い。下着をひん剝いていきなり突き入れなかった自分を褒めてやりたい。

一カ月ぶりだからこそ、丁寧な準備が必要だ。キスと愛撫で互いを煽りながら、深くつながるために恋人の可憐な蕾に触れる。

(あれ……?)

きゅっと締まりのいいそこが、なぜか少しやわらかい気がした。試しに指で押してみたら、ぬぷんと先端が入ってしまった。ひさしぶりとは思えないやわらかさ。

「えー……と、吉野、もしかしてなんだけど……、ここ、自分で弄った?」

信じられない思いで聞くと、息を乱した吉野が上気した頬をいっそう染めてこくりと頷く。

「……文倉が帰ってくる前に、風呂で、した。おまえを抱いてやりたかったが、俺は初心者だし……、できなかった場合は、俺の準備ができていたほうがいいだろう……?」

濡れた瞳の上目遣いと、恥ずかしそうな告白のコンボ。やばい。けなげで可愛すぎる。

瀕死の理性をなんとかつなぎ止めようと思わず目を閉じたら、誤解したらしい吉野が慌てて追加攻撃をしてきた。

「い、言っとくが、俺が自分の指を入れたら支倉がいやがるかもしれないっていうのはちゃんと考えたからな！　支倉にとって『俺の吉野の尻』だったら、俺の指だって『俺の吉野の指』だろう⁉　だったら俺のぜんぶは結局支倉のものなんだから、問題なくないか……⁉」

真剣に超理論を主張する恋人の可愛さは無限大だ。興奮が限界突破してくらくらする。

「はー……吉野が愛しすぎてやばい……。もう無理……大好きすぎて死にそう……」

「し、死ぬな！　俺も大好きだから……！」

「ここでさらにトドメを刺してくれるあたり、もうほんと最高……」

これ以上喜ばされたら本当に心臓がもたない。ちょっと黙っていてもらおうと愛おしくも危険な口をキスで封じこめた。

濃厚なキスで交わりながら魅惑的な体を手で存分に味わい、煽り、とかす。恋人のおかげで予定よりずっと早く蕾がとろけてくれたから、期待にはりつめている自身の準備をするために枕元のコンドームに手を伸ばした。が、その手を吉野が捕まえて握ってしまう。――この仕草の意味を、支倉はもう知っている。

「……ないほうがいいの？　そしたら俺、続けてしちゃうけど」

「……ん。いい……」

「ほんとに？　ひさしぶりだし、ここからあふれるくらい出しちゃうかも」

小さな口に埋めこんだ指を大きくかき混ぜると、たっぷり使ったローションがぐちゅりと濡れた音をたて、恋人が色っぽく鳴く。きゅうんと絡んでくるのが気持ちよくて、そこに包まれる悦楽を知る器官がずくずくと疼（うず）いた。

「いいって、言ってる……。一カ月ぶん、お前も溜まってるだろう」

「……も？」

「……も、だ……」

それ以上聞くな、といわんばかりに吉野が口に口をくっつけてきた。顔がゆるゆるになってゆくのを感じながらも文倉はキスを返し、とろけた場所からずるりと指を引き抜く。それだけで過敏に震える恋人にうっとりしながら大きく脚を開かせ、なまめかしい小さな口に自身の熱の切っ先を合わせた。

ぐっと腰を入れようとしたら、恋人がキスをほどいて肩を押してきた。

「ちょっと、待て……」

「無理。待てない」

「こら……っ、俺がやるって、言っただろう」

その話はもう解決したのでは……？　と眉根を寄せる文倉の肩を押して仰向（あおむ）けにさせようと

しながら、可愛くて色っぽい恋人が訴える。

「疲れてる支倉は、寝てていい。俺が、尻で抱いてやる……」

「えっと……、吉野が俺のを自分で挿れて、動いてくれるってこと……?」

こくっと頷かれた。信じられない。気遣いと真面目さがとんでもない方向に行っているけれど、そんなの絶対見たい。うまくできてもできなくても眼福だし、幸せすぎる。

さっそくごろりと横になったら、興奮マックス状態の支倉を目の当たりにした吉野がぎょっとした顔になった。おそるおそる手を伸ばしてくる。

「……いままでしっかり見てなかったが、すごいな……」

「どうも。ていうか吉野、いまさわったらダメ。暴発する」

さわられる寸前で捕まえた手に指を絡めて苦笑すると、「そ、そうか」となぜか吉野が照れくさそうになった。片手をつないだまま、恋人が支倉の腰をまたぐ。

ちょうど視線の先に吉野の張りつめた性器があって、とろとろに濡れていておいしそうだけれど、味わうのはあとだ。まずは吉野の中に入れてもらわないと。

「いれるぞ……?」

「ん。お願いします」

片手はつながれたまま、もう片方の手で吉野はガチガチになって先端を濡らしている支倉の性器を支え、ゆっくりと腰を落とす。

「ああ……あ、はぁ、は、あぁー……」

　内側から押し出されるように恋人が漏らす吐息混じりのなまめかしい声にも、絶妙な加減で締めつけながら包みこんでくれる熱く濡れた粘膜（ねんまく）にも、たまらなくぞくぞくさせられる。気を抜くともっていかれそうだ。

　歯を食いしばり、筋肉を緊張させて危険な波をやりすごしている間、いっそう奥まで迎え入れてくれた吉野がぺたんと支倉の腰に座りこんだ。肩で大きく息をしながら、つないでいる手をぎゅっと握って震えている。

「吉野……、だいじょうぶ……?」

「ん……。ただ、いつもより、ふか……ぃ」

　大きく息をついて、どこまで入っているのかを確かめるように吉野が自分の腹を撫でる。あまりにもエロい。自身が大きく脈打ってしまうと、とろけた涙目で叱（しか）られた。

「も……、でかく、するな……っ」

「いやだって、吉野が色っぽいから……っ」

「そ、そうか……?　なら、まあ、いい……」

　ふいっと目をそらす恋人が可愛すぎてどうしよう、となる。

　男として常に硬派で格好よくあるべし、という理想をもっている一方で、根が真面目な吉野は恋人ならば色気も出せるようにならなくては、と思っているようなのだ。

は－……俺の恋人最高だなあとうっとり見つめていたら、だんだん中が馴染んできたのか吉野の呼吸が落ち着き、つないでいる手の力もゆるんだ。そらしていた視線が戻ってくる。

「……そういう目で見るな」

「そういうって？」

「……俺のことを、好きで好きでたまらないっていう目だ」

「だってそのとおりだもん」

「もんとか言うな。可愛いなんて思ってしまうだろう」

思いがけない苦情に目を瞬いたあと、思わず笑み崩れてしまった。

「いいね。俺のこと、可愛がりたくなるでしょ？」

軽く突き上げると、「んっ」と息を吞んだ吉野に色っぽくにらまれる。

「こら、勝手をするな……っ。可愛がってやる、から……っ」

「うん。お願い。……もうひとつ、おねだりしていい？」

「なんだ……？　言ってみろ」

「吉野のこと、下の名前で呼びたい」

ずっと呼びたいと思っていたのだけれど、なまじ「吉野」「文倉」に馴染みがありすぎて言い出しにくかった。でも、やっぱり呼んでみたい。恋人感がアップする予感がある。

吉野の反応は、なんだそんなことか、といわんばかりの顔だった。

「いいぞ」

あっさりOK。ちょっと拍子抜けだけれど、了承がもらえたからもういい。

「それで、俺のことも下の名前で呼んでほしいんだけど……」

「わかった。……千陽。これでいいか」

「うん。これからはそっちで呼んでね、純人」

何気なく名前呼びを添えたら、目を見開いた吉野の中が急にうねり、感じやすい器官をしゃぶるような粘膜の愛撫に息を呑んだ。

なんで急に……と目を上げたら、真っ赤になって片手で顔を隠している恋人の照れっぷりに心臓と股間が衝撃を受ける。たかが名前呼びで体まで反応するなんて可愛いがすぎる。「言ってみろ」などと返す男前っぷりとのギャップにも滾ってしまうではないか。

「純人」

「……なんか、それ、やめたほうがいい気がする」

「なんで」

きゅんきゅん内壁が吸いついてくるのを感じながらも気づかないふりで細い腰を撫でると、小さく身を震わせながら吉野が甘い息を吐いた。

「……慣れなくて、なんか困る」

「そんな純人が最高にかわ……愛しいです」

「なんで敬語なんだ……。ていうか、一度ＯＫしたのに撤回はよくないよな。……よし、慣れるように頑張るから、たくさん呼んでくれ」

ひとりで反省して頼んでくる恋人の可愛くて格好よくて愛おしいことといったら、言葉にならない。代わりに何度も名前を呼ぶと、みるみるうちに全身を朱に染めた吉野が「ちょっと黙れ」とキスで口をふさいできた。

（あーもう、ほんと可愛い……）

誘惑に抗えずに軽く数回恋人の中を突き上げると、それが引き金になったようで吉野が自分で動いてくれるようになった。

ずちゅっ、ぬちゅっ、と下肢で響く濡れた音に、深く交わるキスの水音、唇の隙間から漏れる抑えられたあえぎ声が重なって、鼓膜からも興奮と快感を得る。慣れないせいで吉野の腰の動きがぎこちないのがもどかしくも可愛くて、頑張ってくれているのが愛おしくて、ぴったり密着した体だけじゃなく心まで気持ちいい。

せっかくだから視覚的な快楽もしっかり目に焼きつけておきたくなって、支倉は汗に湿ったつややかな黒髪に指を絡めて軽く引いた。

「ふぁ……？」

とろとろになっている吉野にくらくらしながら、追加のおねだりをしてみる。

「ねえ純人……、体起こして、いまみたいにできる……？」

「……やってみる」

さすがは努力を惜しまない恋人だ。支倉が何を見たいかはきっとわかっていないけれど、前向きに受け入れてくれた。

快感でぐずぐずになっている吉野は体に力が入らないようだけれど、頑張っていつものように姿勢よくしようと上体を起こしてくれた。

（うわ、エロすぎ……）

潤んだ瞳で息を乱し、色白の全身をうっすらと桃色に染め、感じやすいところを上も下もピンと勃たせて、お尻にはずっぷりと支倉を受け入れている。思わずガン見してしまうと、「見るな……」とこっちの目を隠そうとつないでいないほうの手を伸ばしてきた。

この絶景を堪能する邪魔をされるなんて受け入れられないから、その手を捕まえて指を絡めて握る。期せずして両手をつなぐゆるい拘束になってしまった。

「な……っ？」

「ね、動いて、純人。お願い」

ぐっと腰を押しつけると、最奥を突かれた吉野が甘い声をあげ、形のよい眉を色っぽくひそめて頷く。

「んっ、んぅ……っ、ふっ、う……っ」

（あー……さいっこう……エロ可愛い俺の恋人ほんと世界一優勝……）

両手を支倉とつないだまま、気持ちよさそうに、でも快感にのまれないようにと我慢しながら懸命に動いてくれる姿は眼福以外のなにものでもない。体感もさることながら視覚の悦楽がすごくて見ているだけでイキそうだ。

ただ、綺麗な唇を噛んで声を我慢しているのはいただけない。けなげで愛しいけれど、あのままでは支倉の大事な吉野の唇に傷がついてしまう。

「……純人、キスして?」

口を開かせるためにねだって舌を出すと、「ん」と頷いた吉野がぐずぐずととろけるように上体をなだれさせて口を重ねてきた。ギリギリで頑張ってくれていたのがわかって、愛おしさがいっそう増す。

舌を絡めるキスで吉野の唇を守りつつ甘い口内を存分に味わい、しなやかにとけた体を上に乗せたままゆるやかにゆさぶる。汗に濡れた互いの肌が密着したままなめらかにこすれて、めちゃくちゃ気持ちがいい。快楽の甘い蜜（みつ）に全身浸（ひた）されているようでずっとこうしていたくなるけれど、もっと激しく混じりあいたい熱も快感と共に積み重なってゆく。

先に音（ね）を上げたのは恋人だった。

「はせ、くら……っ」

「ん……? 違うでしょ、純人」

唇をやわらかく噛んで注意すると、びくんと身を震わせた吉野の瞳がとろりと濡れた。

「……ゆきはる……、も、たのむ……」

舌ったらずになった恋人の名前呼び、しかもおねだり。何を頼みたいか聞きたい気もしたけれど、こっちもじつは余裕なんてない。

「あと、俺に任せてもらっていい……？」

「ん……、いい」

ずっとつないでいた手を片方ほどき、しっかり背中に回してゆっくりと反転した。

覆いかぶさると、いつもの視点になった。身をゆだねてくれる吉野を見られてこれはこれで最高だ。吉野に関しては最高はいくつあってもいい。

「キスは？」

「する……」

ぱかっと口を開ける吉野の無防備さは初めてのときから変わらない。あまりにも可愛くて愛しくて、本当に食べてしまいたくなる。

がっぷり口づけて、吉野の理性と羞恥心を完全に刈り取る快感を与えるために最初はゆっくりと腰を使った。舌を噛まないくらいの速度と強さで、愛しい恋人の反応と気持ちよすぎる粘膜をじっくり味わいながら。

とけそうに熱くなった中がびくびくしながら吸いつき始めたら、もう遠慮はいらない。キスをほどいて、存分に、好きなように恋人を愛する。甘い声も、体液も、反応も、その美しい体のすべてを好きなだけ。

　今夜はひさしぶりだったうえに、途中まで吉野主導だったことでセルフ焦(じ)らしプレイになったのか、恋人はいつも以上に感じやすくなっていた。早々に精を噴(ふ)いたのに収まらないようで、積極的に支倉に応(こた)えてくれる。おかげでこっちも完全に余裕がなくなった。突き上げる速度と強さが上がると、うねる粘膜の絡みつき方がいっそう淫(みだ)らに、貪欲(どんよく)になる。

「は……っ、純人、またイく……っ?」

「んっ、ん……っ、はせくら、も……っ」

「うん、イく……っ」

　感じすぎて名字呼びに戻っている吉野にねだられ、限界までふくれあがったもので奥の奥まで突き上げて、思いっきりぶちまける。それにも感じてしまう恋人がこっちの脳がとけてしまうような声をあげて達することにも煽られて、熟(う)れた粘膜に精をすりこむように痙攣(けいれん)している中をさらに数回こすり立てた。

「ひあっ、あっ、それだめだ……っ、またイく……っ」

「……いいよ、イって。ていうか純人……、さっきの、出さずにイってるね……?」

「ださず、に……っ? うあっ、だめだって……、ひん……っ」

　自覚はないようだけれど、一回吐精(とせい)したあとに再び実った吉野の形のよい性器は濡れそぼっていても張りつめたままだ。さっきの絶頂が中だけのものだったことを示している。

「次はこっちもイこうね」

ぺろりと唇を舐めてはりつめた恋人の性器に指を絡めたら、軽くイっている真っ最中だった吉野が「うあっ」と甘い声をあげて支倉の背中に爪を立てた。

背中に傷をつけてもらうのも初めてだな、とふたりで経験する初めてが増えてゆくことに幸せを覚えつつ、支倉は一カ月ぶんたっぷり恋人を補充させてもらう行為に没頭した。


翌朝、幸福感と気力に満ちあふれて支倉は目を覚ました。

腕の中には愛しい恋人。眠っていても美しい彼は、品よく格好いいのにゆうべは最高にエロ可愛かった。もちろん普段も美しくて可愛いけれど。

「ほんと、なんでこんなに可愛いんだろ……。愛してるよ、純人」

額にそっとキスを落としたら、目を閉じているのにじわじわと耳や頬が染まってゆく。

「あれ、起きてた?」

「……まだ寝てる」

逡巡するような間のあとでそんな可愛いことを言うから、にっこりしてしまう。

「じゃあもっと言っちゃお」

染まった耳や頬を軽くかじりながら愛の言葉を囁きまくったら、カッと吉野が目を開けた。

羞恥にうっすら潤んだ瞳でにらまれて、調子に乗りすぎたかと一瞬焦ったものの、続く言葉は予想外のものだった。

「……もらってばかりだと悪い。から、俺も、言う……」

「え」

「あ、いし、てる……、ゆきはる……」

めちゃくちゃ頑張ったのが伝わってくる表情、だんだん小さくなる声。

(かっわいい！)

思わずぎゅっと抱きしめたら、腕の中で焦った声があがった。

「な、なんか腹に刺さってるんだが……⁉」

「だって純人があんまり愛しいことというから……！　ひさしぶりだし、仕方なくない？」

ちょっと首をかしげてかわいこぶってみたら、「うっ」と思いがけずにいい反応があった。目を伏せた吉野が、視線をさまよわせてから抱きしめ返してくれる。

「……仕方ない、な」

恋人が最高すぎて幸せすぎる、と感激しながら口づけた。

やっとベッドから出て活動を始めたのは、午後になってからだ。

キッチンに立つ支倉の隣には吉野がいる。しかも、ちゃんと自力で立って調理を手伝ってくれている。

あれだけ遠慮なく抱いたのにふらつきながらもベッドから出てこられたことに支倉は驚いた

のだけれど、努力家の恋人は胸を張って明かした。

「起き上がれなくなるなんて不甲斐ないから、鍛えたんだ。走り込みで体力を、下半身中心の筋トレで足腰を強化した」

「道理で前より引き締まってると思った……！　えらいねえ、純人」

「べ、べつに、もともと運動は嫌いじゃないからな」

「でもえらいよ。尊敬する。大好き」

「……最後のは必要だったか？」

「俺にとってはいつでも必要です」

キリッと宣言すると、仕方ないやつだなあといいたげに苦笑される。可愛い。

一緒に作った大盛りの焼きうどんを食べながら、可愛いけれど格好いい恋人に負けてはいられない気分になった支倉が「俺ももっと鍛えよ」と呟いたら、吉野の箸がぴたりと止まった。

「……待て、それ以上体力をつけるな。せっかく起き上がれるようになったのに！」

「いいじゃん、一緒に筋トレしよ？　ふたりのほうが楽しいよ」

「……む」

それもそうか、と素直に受け入れてくれる恋人に幸せな笑みがこぼれる。

走り込みや筋トレ中の吉野のはずんだ息や滴る汗、上気した頬にそそられた支倉が三回に一回は邪魔……もとい違うトレーニングをねだるようになるのは、もう少し未来のこと。

あとがき

AFTERWORD

—間之あまの—


こんにちは。または初めまして。間之あまのでございます。

このたびは拙著『初恋アップデート』をお手に取ってくださり、ありがとうございます。こちらはディアプラス文庫様からは四冊目の、通算三十一冊目のご本となっております。

今作は『ふたり暮らしハピネス』（作中の『ニース絵日記』の作者であるオルトさんが主人公のお話です）と同じ世界ですが、支倉くんがニースちゃんグッズのデザイン担当という繋がりだけなので作品としては完全に独立しています。既刊を未読でもまったく問題なく読んでいただけますので、初めましての方もご安心くださいね（ニコリ）。

今回の純人くんは、口調や態度が拙作では珍しいタイプになりました。それでも中身はやっぱり「うちの子」だな〜と思っていたのですが、告白シーンやおふとんタイムにああいう感じで頑張ってくれるとは思っていなかったので書きながら「おもしれぇヤツ」となりました（笑）。個人的にはとっても楽しくて大好きになった子なので、支倉くんと一緒に愛でていただけたらうれしいです。

イラストは、今回も幸せなことに八千代ハル先生に描いていただけました。

前作の『ふたり暮らしハピネス』とはテイストが違うカップルになりましたが、今回も本当

にイメージぴったりに、素敵なイラストを描いていただけて大喜びしております♪

純人くんがまさに純人くん……！　素晴らしい美人可愛さ（しかもちょっと天然の雰囲気を漂わせている）です！　人当たりがよさそうな美男でありながら、どことなく食えない感じやキュートさがある支倉くんもまさに支倉くん……！　ペロッとペコちゃんスマイル最高です。カラーも綺麗なうえに可愛くて楽しくて、ずっと見ていたくなります♪　メインのふたりが魅力的なのはもちろんのこと、表紙に登場させてくださった「ニースと愉快な仲間たち」の一服しているふくふく姿の可愛さや口絵のおいしそうすぎるお鍋にもやられました……！

八千代先生、今回も可愛くて格好よくて色っぽい、素晴らしいイラストを本当にありがとうございました。雑誌のコメントカット（ラブリーなニースちゃんたち＆あのシーンも見られてうれしいです♪）の収録もご快諾くださって本当に感謝です。

やさしくて褒め上手な担当様をはじめ、今回も多くの方々のご協力とたくさんの幸運のおかげでこのお話をこういう形でお届けすることができました。ありがたいことです。

読んでくださった方が、明るくて幸せな気分になったらいいなあと思っております。楽しんでいただけますように。

桜の季節に

間之あまの

この本を読んでのご意見、ご感想などをお寄せください。

間之あまの先生・八千代ハル先生へのはげましのおたよりもお待ちしております。

〒113-0024　東京都文京区西片2-19-18　新書館
[編集部へのご意見・ご感想] 小説ディアプラス編集部「初恋アップデート」係
[先生方へのおたより] 小説ディアプラス編集部気付　○○先生

- 初 出 -
初恋アップデート：小説ディアプラス2022年ハル号（vol.85）、ナツ号（vol.86）
熱愛アップグレード：書き下ろし

[はつこいあっぷでーと]
初恋アップデート

著者：**間之あまの** まの・あまの

初版発行：2023 年 4 月 25 日

発行所：株式会社 新書館
[編集] 〒113-0024
東京都文京区西片2-19-18　電話（03）3811-2631
[営業] 〒174-0043
東京都板橋区坂下1-22-14　電話（03）5970-3840
[URL] https://www.shinshokan.co.jp/

印刷・製本：株式会社 光邦

ISBN978-4-403-52573-5 ©Amano MANO 2023　Printed in Japan

定価はカバーに表示してあります。乱丁・落丁本はお取替え致します。

無断転載・複製・アップロード・上映・上演・放送・商品化を禁じます。

この作品はフィクションです。実在の人物・団体・事件などにはいっさい関係ありません。